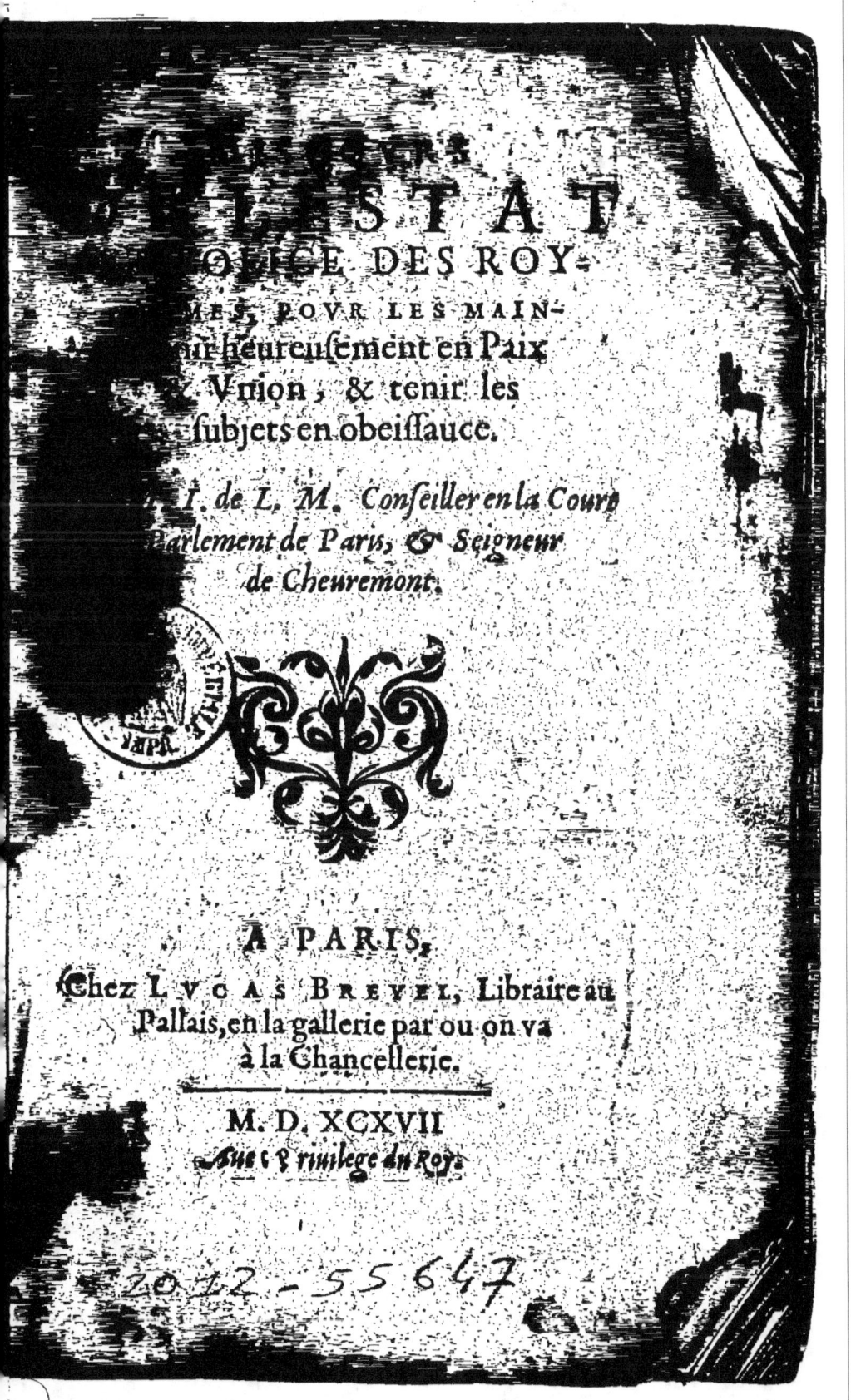

DE L'ESTAT
ET POLICE DES ROY-
AUMES, POUR LES MAIN-
tenir heureusement en Paix
& Vnion, & tenir les
subjets en obeissauce.

Par I. de L. M. Conseiller en la Cour
Parlement de Paris, & Seigneur
de Cheuremont.

A PARIS,
Chez LVCAS BREVEL, Libraire au
Pallais, en la gallerie par ou on va
à la Chancellerie.

M.D.XCVII
Auec Priuilege du Roy.

SONNET.

A MONSIEVR DE LA MA
DELEINE, CONSEILLER
Court de Parlement.

CHerchant quelque relache à la peine se
    Du palais enroué, pour qui seul tu voo
Tu as loin de son bruit, employé quelque mo
En ceste remonstrance à peu d'autre seconde

    Tel comme vn Xenophon par sa docte fae
Soubs le nom d'vn Cyrus, enseigne tous les Re
Tel enseignant icy tu addresses ta voix,
Au nom du grand Cyrus qui doit regir le monde.

    Ie voy ton beau labeur toute France admirer,
Ie la voy te voulant à bon droit honorer
Maugré ce temps peruers & son ingratitude.

    Te donner place au rang des plus industrieux,
Car si ton loisir porte vn fruict si serieux,
Que fault il esperer de ton plus graue estude.

                   S. D. S. M.

DE L'ESTAT ET OFFI-
CE D'VN BON ROY, PRIN-
ce ou Monarque, pour bien & heu-
reusemét regner sur la terre, & pour
garder & maintenir ses subiectz en
paix vnion & obeissance.

De L'origine & antiquité des roys,
Chapitre premier.

Stant nostre intétion & prin
cipal subiect d'escripre du
debuoir & office d'vn bon
Roy enuers ses subiectz,
pour bien & heureusement regner sur
la terre, & pour les garder & maintenir
soubz son authorite en vne societé &
concorde. Il nous à semblé necessaire
en premier lieu, de repeter & faire con-
gnoistre le vray origine & antiquité des
Roys, comment & pourquoy ilz ont esté

A

créez & establiz sur la terre : afin de refe-
ferer leurs actions & ce qui est de leur
debuoir & office à la premiere cause de
leur creation & establissement. Les anciens autheurs & Philosophes qui en
ont escrit, ont iugé leur origine diuerse-
ment, aucuns en ont parlé comme hommes, n'ayants cognoissance de Dieu , &
mesurans toutes choses par raison naturelle , & ont attribué leur origine à la
nature, mesme côme chose merueilleu-

L'origine semét proche de nature : & de faict nous
des Roys se lisons que tost apres la creation de l'hom-
lon raison me & que le genre humain eut prins
naturelle. quelque acroissement, les hômes estoient
errans & vagabons par les bois & forestz
sans aulcune certaine retraicte, viuoient

Les hommes comme dict Plutarque de gland , & de
errans & miel, & aprochoient du naturel des be-
vacabonds stes brutes , hors mis qu'il y auoit en
par les bois eux vne raison naturelle qui les inuita
sans ordre à s'assembler & à s'aymer naturellement,
& sans re- & bien vouloir l'vn à l'autre. Et finable-
traicte. ment estans multipliez & en grand nom
bre cômencerent à s'espandre en diuers
lieux , & à faire quelques distinctiôs des
familles , en chacune desquelles le pere

feul commandoit, & eftoit refpecté & obey par ceux de fa famille. Et côme les familles augmentoient& multiplioyent, & entroient en quelque confufion & defordre fut befoing d'eftablir quelque forme de Republicque,& de faire quelque diftinction des perfonnes, & defigner à vn chafcun quelque charge & vacation particuliere, pour les contenir enfêblement en quelque ordre & focieté. Et à lors enfuyuants ce qui leur eftoit quafi prefcrit par nature, choifirent & efleurent vn Roy, auquel ilz attribuerent vne fuperiorité & domination, & fubmirent le gouuernement de leurs perfonnes, de leurs femmes, de leur enfans,& de leurs biens: côme efcript Iuftin au premier liure de l'hiftoire de Trogus Pompeius, quâd il dift que au commencement de toutes chofes les Roys ont efté créez & eftabliz. Dont nous pouuons inferer que la dignité royalle ou domination d'vn feul,eft la plus ancienne forme de Republicque,côme la plus naturelle & agreable à l'homme. Et de faict fi nous voulons difputer par raifon naturelle, nous trouuerons fans difficulté que la Monar-

La raifon feule conduite des hômes pour s'affembler & pour s'aymer l'vn l'autre.

La premiere caufe de l'eftabliffemêt des Monarchies & Republ.

Origine des Roys.

chie ou dominatiō d'vn seul est par desus toutes autres formes de republicque naturelle, & conforme à toute raison humaine. Car en premier lieu si l'homme se veut contēpler soy mesmes, il se trouuera composé de plusieurs mēbres pour le gouuernement & conduite desquelz nature luy à baillé vn seul chef, auquel seul le sens & entendement de l'homme consiste, à l'exemple duquel toute republicque, laquelle comme disoit Thibere Cæsar est reputée, vn seul corps se doit naturellement conduire & gouuerner par vn seul chef. Aultrement seroit chose monstrueuse & contre nature que vn seul corps eust plusieurs chefz. En vne petite maison laquelle comme dict Aristote represente vne petite forme de republicque, nous voyons que naturellemēt le pere seul commande & s'atribue vne superiorité & domination sur les siens, auquel la femme & les enfans naturellement se submettent & obeissent, aultrement si on void la femme parler plus haut que l'homme, le filz desobeissant à son pere, on abhorre vne telle maison comme desreiglée & sans ordre, &

La dignité royalle conforme à raison naturelle par dessus toutes autres formes de republicques.

Comparaison du corps de l'homme & d'vn corps de republicque.

Vne maison priuée represente vne forme de republicque.

toſt apres on la void tumber en ruyne &
decadence . En vn nauire on recognoiſt
vn ſeul nautonnier pour gouuerneur ou *Le nauire*
conducteur du nauire, lequel ne peult *recognoiſt*
commodement & ſans danger recep- *vn ſeul nau*
uoir ou endurer vn compagnon . Es *tonnier.*
compagnies de gés d'armes il y à vn ſeul *pour cõdu-*
Capitaine qui cõmande à tous les autres *cteur.*
autremét ſi tous les Capitaines eſtoient *Es armees*
ſéblables en dignité & grandeur ce ne ſe *vn ſeul chef*
roit que querelle & confuſion . En la di- *commande.*
ſtribution de la iuſtice il y à vn Iuge en *En chacu-*
chacune ville que on apelle de tout téps *ne ville vn*
iuge maire & naturel, auquel ſeul apar- *iuge ordi-*
tient de iuger & decider les differens du *naire & naturel.*
peuple: meſmes on remarque entre les *Les mou-*
beſtes que les mouches à miel par le ſens *ches à miel*
inſtinct de nature ont vn petit gouuer- *recognoiſſét*
nement beau & admirable pardeſſus *vn roy.*
toutes les autres beſtes, & recognoiſſent
vn roy par la conduitte duquel elle vien
nent à bout par chaſcun an, d'vn petit
ouurage excellent & admirable, ce qui
montre euidemment que ceſte vnité &
gouuernement d'vn ſeul eſt par deſſus
tous naturél & agreable à l'homme. Et
de faict ſi nous voulons laiſſer les choſes

A iij

terriennes pour regarder plus hault &
contépler les chofes celeftes, nous trouuerons qu'il y a au ciel vn feul Soleil, lequel donne iour, clarté & fplendeur, &
quafi domine par toute la terre. En la
nuict on void la Lune paroiftre & reluire par deffus toutes les eftoilles, ce qui
monftre de plus en plus la grandeur &
perfection de cefté vnité felon raifon na
turelle. Les autres anciens auteurs &
Philofophes cōme Homere, & Socrates qui ont recogneu que le gouuernement de l'vniuers ne fe pouuoit du tout
attribuer à vne raifō naturelle, ains qu'il
eftoit gouuerné par vn Dieu createur,
conducteur & moderateur d'iceluy, ont
parlé plus hautement de l'origine des

Dieu feul cō- roys, & ont eftimé que la dignité royalle
ducteur & eftoit diuinemēt octroyée de Dieu, com
moderateur me à la verité en icelle fe peult remar-
de l'vniuers quer quelque figure ou femblance de
la maiefté diuine, & que pour cefte caufe il fault demāder les bons Roys à Dieu
par prieres & facrifices. Et d'aultant que
tous les humains font fouz le gouuernement de Dieu, ils ont creu que la do
mination qui eft bailléc aux Roys eft vn

vray don de Dieu , lequel comme pere
des hommes adopte peculieremét pour
ſes enfans ceulx auſquels il donne puiſſance de regner, leſquels repreſentent
l'auctorité & maieſté de Dieu en la terre.
Et pour ceſte cauſe les anciens ROMAINS
ont creu qu'il y auoit aux ROIS quelque
ſaincteté, & que lors que Romme eſtoit
gouuernee par les Rois, les ſacrifices des
Romains ſe faiſoient par la volunté des
Roys, & quãd ilz n'eurent plus de Roys
à fin que ceſte ſainctecté qu'ilz eſtimoiét
eſtre aux ROYS ne deffailliſt, ils nomme-
rent ROY le ſuperintendant des ſacrifices. Tellement que par les eſcrips des
Ethnieques qui ont eu quelque opiniõ
de Dieu, nous deuõs reuerer les ROYS cõme eleuz & ordonnez de Dieu & comme prepoſez aux choſes ſacrees & diuines, les debuons reputer Sainctz. Mais
ces teſmoignages ſeroient de peu de for
ce & valleur enuers nous qui ſommes
Chreſtiens, s'ilz n'eſtoient conformes à
l'eſcripture ſaincte & cõfirmez par pluſieurs dons & graces de Dieu, ſpeciale-
mét dõnees & octroyees aux Roys, leſquelz nous font pleine foy de la maieſté

La
royalle
Etroyee de
Dieu.

Il fault de-
mander les
bons roys à
Dieu.

Les roys en
fãs adoptes
de Dieu.
Le roy repré
ſente la ma
ieſté de Dieu
en la terre.

L'opinion
des romains
ſur la diui-
nité des
rois.

A iiii

& saincteté des Roys crée & ordonnée
de Dieu. Le roy Salomon en est le principal tesmoing, quand il dict oyez & en-
tendez Roys de la terre que la puissance
que vous auez vo° est dônée & octroiée
de Dieu. Et pour ceste cause il est dict
que les Roys comme les vrais & premiers iuges tiennent le lieu & place de
Dieu en la terre. Apres lesquels Dauid

s'escrie & dict entédez Roys & aprenez
vous qui estes les vrays iuges de la terre.
D'auãtage il est escript que Dieu parlãt
à Samuel luy promet de bailler vn Roy
à ſõ peuple, & que incontinét apres Saul
fut faict Roy, & oint par Samuel, & que
à l'instant qu'il fut oinct il eut l'esprit de
Prophetie, dont nous pouuons recueil-
lir deux choses singulieres. La premiere, que Dieu donna le Roy à ſõ peuple.
La seconde qu'il voulut qu'il fut oinct
pour resentir quelque chose de la diuinité, ce que successiuement à esté conti-
nué à l'endroict de tous les Rois ses suc-
cesseurs, & mesmes c'est de tout temps
practiqué en noz Roys, lesquels à l'instãt
qu'ils ont esté oincts, ont tousiours re-
senty quelque chose de diuinité comme

de faict on à de tout téps remarqué aux Roys chrestiés plusieurs dons & graces speciallement donnez & octroiées de Dieu, comme aux Roys de France, lesquelz par vne grace specialle à eulx donnée & octroiée de Dieu guarissent d'vne maladie d'escrouelles qui est en tout autre pais incurable, faict à ce propos l'enseigne qui leur fut diuinement enuoyée de Dieu pour porter côtre les infidelles, pour môstrer que Dieu leur vouloit estre aide & côducteur. Dôt appèrt que la monarchie ou domination d'vn seul est la premiére, la plus ancienne & la pl° naturelle forme de republicque crée & ordônee de Dieu, & consequément d'autant pl° parfaicte & admirable par dessus les autres forme de republicque de côbien Dieu qui est autheur de la dignité royalle est pl° parfaict & admirable en ses œuures, que l'hôme qui est sa simple creature & imparfaicte. Dont nous conclurons que tout ainsi que pour l'étier gouuerne mêt du ciel & de la terre nous recognoissons vn seul Dieu, vne seule loy, vne seulle foy, aussi pour le gouuernemét d'vne republicque, nous recognoistrôs vn roy

Les roys de France guarissent seulz des escrouelles.

L'enseigne enuoyée de Dieu aux roys de Frâce.

La monarchie parfaite & admirable par dessus toute autre forme de republicque.

Le roy vray lieutenant de Dieu en la terre.

comme vray Lieutenant de Dieu en son Royaume, luy eſtant l'entier gouuer nement d'iceluy baillé & ſubdelegué de Dieu.

Pour quelles cauſes les Roys ont eſté crées & eſtablis, & quel eſt leur deuoir & office enuers leurs ſuiectz. Chapitre. 2.

ST ANT doncques Dieu, du quel procede toute bonté in tegrité & perfection autheur de la dignité royalle, laquelle repreſente vne forme & ſemblãce de la maieſté diuine en la terre. Enſuit qu'vn Roy qui eſt cree & eſtably de Dieu, doit eſtre excellant & admirable par deſſus tous ſes ſubiectz, comme eſtant choiſy de Dieu pour les regir & gouuerner. Et de faict ſi nous voulons prendre teſmoi-nage des hyſtoires nous trouuerons que l'authorité des Roys à pris ſource & ori gine des vertus ſingulieres de la prudéce & magnanimité de ceux qui eſtoient ap pellez aux charges publicques. Ioſephe eſcrit que Saül qui fut faict Roy du peu ple de Dieu eſtoit beau, grand, & recom mandable en dexterité d'eſprit, en pru-

Le roy doit eſtre excel-lent par deſ fus tous ſes ſubiectz.

La ſource & origine des rois.

dence par deſſus le peuple de Dieu· A
quoy eſt conforme ce que Iuſtin eſcript
que au commencement de toutes choſes les Roys ont eſté créez & eſtablis nõ
par brigues, ou par ambition: ains par cõ *Les Roys*
ference de la vertu de ceux qui eſtoient *eſleus pour*
appeles aux charges publicques, & pour *leur vertu*
ne long temps diſcourir ſur ce propos *& pru-*
nous prendrons le dernier teſmoignage *dence.*
de noſtre Roy de France lequel par ſa bõ
té vertu & magnanimité, a merité d'eſtre *Le roy de*
eſleu & appelé au royaulme de Polon- *France ap-*
gne, cõme le plus vertueux le plus digne *pelle au*
& capable prince de la Chreſtienté, c'e- *royaulme*
ſtoit l'anciẽne façon de créer & eſtablir *de Pologne*
les Roys, leſquelz par leur vertu, ſoing & *pour ſa ver*
diligence meritoyent d'eſtre appelez les *tu & pru-*
Roys & Peres du peuple, Et tout ainſi *dence.*
que les enfans facilement & naturelle- *Comparai-*
ment ſe ſubmetent à la puiſſance & au- *ſon des ſub-*
ctorité de leur pere, auquel ils portent *iects à des*
tant d'honneur & de reuerence, que de *enfãs quãd*
leur volunté ils s'atribuent vne ſouuerai- *à la ſubiec-*
ne puiſſance ſur eulx pour les regir, & *tion &*
gouuerner à ſa volonté & diſcretiõ: auſſi *obeiſſance.*
par meſme raiſon le peuple facilement
s'eſt ſubmis à l'obeiſſance de celuy le-

quel il eſtimoit par deſſus tous amateur
& zelateur du bien public à fin que tout
ainſi qu'il môſtroit enuers le peuple vne
benignité & dilection paternelle. Auſſi
que par la volonté d'iceluy il ſe peult attribuer vne ſouueraine puiſſance & domination ſur luy. Et à ce propos Platon
parlant de la puiſſance & auctorité du
Roy ſur les ſiens dit quelle eſt toute ſem

La puiſſan- blable à celle que le bon pere de famille
ce du roy a ſur ſes enfans:car tout ainſi que le pere
ſemblable à ſe monſtre merueilleuſement diligent &
la puiſſance affectionné à bien regir & gouuerner les
du bon pere perſonnes & biens de ſes enfãs & 'a pour
de famille chaſſer en ce qui luy eſt poſſible leur biẽ
ſur ſes en- proffict & auancement & que pour ceſt
fans. effect il trauaille iour & nuict pour eux
& oultre prend toute la peine qu'il peult
à les gouuerner en toute douceur aymãt
trop mieux les corriger que punir. Ainſi
doit faire vn bon roy enuers ſes ſubiects
pourchaſſant en toutes choſes leur bien
& proffict & poſtpoſant ſon profict ou
plaiſir particulier & vſant enuers eux de
toute douceur benignité & clemence,
Pline eſcrit que la grãde mouche à miel
qu'il appelle Roy des aultres ne porte

point d'eguillon pour monstrer que le
Roy doit estre plain de douceur & de
mãsuetude. Car il vault trop mieux que
ses pauures subiects reuerent sa force &
sa puissance que non pas ils detestent &
abhorrét son bien son'auctorité & domi
natiõ,& pour ceste cause plusieurs Roys
ont aucunement porté au bas de leurs
sceptres vn hippotraine qui est vne beste
fort cruelle & violente,& au hault vne
Cicõgne qui est vn oyseau merueilleuse-
mét doux & pitoiable pour mõstrer qu'il
fault que vn bõ roy soit gratieux enuers
ses subiectz amateur & zelateur de iu   *Le roy doit*
stice & pieté & qu'il mette soubz les   *estre doux*
pieds toute cruaule & violence. Car ce   *& gra-*
non de roy est vn nõ de vertu de dignité   *tieux en-*
& benignité non de seuerité ou puissan.   *uers ses sub*
ce.De sorte que pour bien & heureuse-   *iectz.*
ment regner, est requis en la personne
du roy vne grande vertu,& moderation
l'office duquel est de droictement regir
& gouuerner ses subiectz & se monstrer
merueilleusement songneux de leur repos & tranquilité, à l'exemple du bon
medecin lequel souhaitte infiniement
la santé & guarison de son malade au

comme le medecin de son malade tant ou plus que la sienne propre en ce qu'il entreprend beaucoup sur luy, trauaillant bien souuent iour & nuict, ou pour plus diligemment, & à l'œil re cherche les causes de la maladie ou pour espier l'oportunité du temps, & la disposition du malade pour commode ment luy apliquer son remede. aultát ou

Comme le nautonnier de ceulx qu'il à prins en sa charge plus faict le nautonnier lequel seul veil le iour & nuict pour la seureté de ceux qu'il à prins en sa charge. Et tout ainsi (côme dit Ciceron) que la tutelle est in troduite pour le profit & vtilité de ceux

Comme le tuteur de son pupille. desquelz on administre le bien & non pour le profit de celuy ou de ceux qui administrét. Aussy le Roy est cree & esta

Le Roy doibt postposer son proffit parti culier au public de ses subiects. bly de Dieu, non pour son profit particu lier, ou pour se plonger en plaisirs & delices, mais pour le gouuernemét & vti lité de ses subiectz. Et spécialement pour deux causes. La premiere afin de main. tenir ses subiectz en paix & vnion, telle-

Le vray de buoir & of fice du Roy enuers ses subiects. ment que le pauure ne recoiue tort ou iniure par celuy qui est plus puissant en biens, ains qu'ilz viuent ensemblement par mesmes loix statuts & ordonnances & que iustice leur soit egallement admi

niftree. La feconde afin qu'il foit protec
teur & defenfeur contre les incurtions
& inuafions des eftrangers & barbares
comme vraye fauuegarde de leurs per
fonnes, femmes, enfans, & de leurs biens.
Ce qui monftre euidément que les roys
doiuent eftre faiges & accomplis en tou
tes vertus: tant pour la diftribution de la
iuftice enuers leurs fubiects pour les con
tenir en leur deuoir & office, comme har
dis & magnanimes pour repouffer l'au
dace & les efforts de l'ennemy eftrangier.
A quoy eft conforme ce que difoit le
Roy Cirus dedãs xenophõ: Qu'il eft mer
ueilleufement requis que le Roy foit re
commandable par deffus fes fubiects en
prudéce & magnanimité, tant pour eftre
honoré craint & redouté des feigneurs
& potentats de fon Royaume, que pour
feruir de vray mirouer & exemple à tous
fes fubiects lefquels couftumierement et
a l'oeil enfuyuent les vertus ou vices de
leurs Princes : & fe compofent entiere-
ment à limitation de leurs rois & fuperieurs. Dauantage la vertu & magnanimité du Roy faict qu'il eft craint & redouté des eftrangiers, aimé craint &

*Le Roy doibt
eftre recom
mandable
par fes fub-
iectz.*

*La vertu
faict regner
les Roys.*

honnoré dés siens, & rend tous ses subiects studieux, & amateurs de bonté &
de vertu, & les maintient enuers luy en
vne incredible submission & obeissance
au contraire le vice & nôchalence d'vn
Roy faict qu'vne partie de ses subiects
s'aneantissent & s'adonnent au choses
vaines & pueriles, les aultres qui ont
tousiours adonné leurs esprits à choses
grandes & vertueuses commancent à
mespriser leur Prince, & bien souuent
veullent entreprendre contre son aucto
rité & grandeur, tesmoing en est entre

Le Roy me-
sprise &
chassé pour
son vice.

plusieurs Arbactius qui fut gouuerneur
& lieutenant pour le Roy des Assyriens
au pays des Medes, lequel ayant veu &
trouué son Roy Sardanapale en vn
troupeau de femmes desbordees, comme homme effeminé & pusillanime,
protesta lors ce gouuerneur qu'il ne se
pouuoit plus submettre au seruice &
obeissance d'vn tel Roy, tellement qu'il
coniura contre luy & le fist mourir, &
par sa mort la monarchye des Assyriens
fut transferée aux Medes, dont appert
que la seule vertu & Iustice, faict regner
les Roys & non la grande richesse ou
puissance

puiſſance, ou la qualité des ſubiets. C'eſt pourquoy ce grand Roy Alexandre eſtant pres de mourir, interrogé quel ſucceſſeur il eliſoit : feit réſponce qu'il eliſoit celuy, qui ſurpaſſoit les aultres en vertu, prudence & magnanimité, poſtpoſant ſon propre filz à vng plus digne & capable. Il fault doncques qu'vng Roy reluiſe en toutes vertus, & que d'aultant il ſurmonte (comme diſoit Scipion) ſes ſubiectz en prudence & magna nimité, de combien il les ſurpaſſe en honneurs, & en richeſſes. Et fault qu'il conſidere que pour vng temps il repreſente l'auctorité & maieſté de Dieu en la terre : lequel il doibt enſuiuir, en ce que nature humaine le peult permettre. Se monſtrant non ſeulement Roy, mais auſsi pere de ſon peuple : montrant enuers les ſiens vne grauité & maieſté de Roy : pour eſtre crainct & redouté. Et neantmoings vſant d'vne pieté & dilection paternelle, pour eſtre aimé & reueré. A l'imitation & exemple de ce grand Dieu, auquel ne ſuffiſt d'eſtre le grand Roy, & createur de toutes choſes, & ſpecialement de l'homme : mais auſsi

Le filz du Roy poſtpoſe à vng plus digne.

B

il veult toufiours eftre recongneu conſeruateur, legiſlateur, & pere nourriſſier de ſes creatures. il eſt dauantage requis que non ſeulement le Roy ſoit grand, vertueux & debõnaire:mais auſſi il faut que ſes vertus ſoient oculairement congneus d'vn chacun, afin qu'on le reuere pour ſa bonté & pour ſa vertu:Et oultre que chacun ſe mette en peine,& en tout debuoir d'enſuyuir ſa vertu & preud'hommie, afin de rendre vng Royaume de toutes pars heureux.

Les vertus du Roy doiuent eſtre cogneues de vn chacun.

En quoy ſingulierement doibt reluire la vertu & maieſté du Roy:& quelles choſes ſont ſpecialement neceſſaires pour la conduicte d'vn Royaume, pour la conſeruation d'iceluy. CHAP. 3.

L'Empereur Iuſtiniã nous admoneſte qu'il y a deux temps, eſquelz doibt eſgalement reluire la maieſté d'vng Empereur ou Monarque: le temps de guerre, & le temps de paix:eſquelz la vertu d'vn bon Roy, doibt ſingulierement paroiſtre en trois choſes:en la Religion, Iuſtice & force, deſquelz nous eſperõs ſeparemét parler. Leſquelles toutesfoys ſont tellemét conioinctes,que le default de l'vne

En quoy doit paroiſtre la vertu du Roy.

est suffisante pour faire tout tomber en
ruyne & subuersion. Et pour preuue de
ce faict, en premier lieu auons à noter
pour axiome certain & indubitable, que
la seule Religió & craincte de Dieu nous
oblige & inuite à recognoistre vn ROY
ou Monarque, qu'il nous à donné & esta
bly, pour nostre conduicte & gouverne-
ment. Tellement que les hommes ne fe-
roiét cas d'obeir aux Roys, & empereurs
de la terre, ny à leurs loix & ordonnances, si à ce faire ilz n'estoient adstraintz
par la Loy de Dieu, laquelle nous commande de leurs obeir sur peine d'estre
priuez de la vie spirituelle. Il faut donques en tous Royaumes & empires, & en
toute autre forme de Republicques, en
premier lieu establir & recognoistre vn
vray & parfaict estat de Religion, & imprimer aux cœurs des hómes l'amour
& craincte de Dieu: sans laquelle les loix
& ordonnances seroient de nulle valeur
& efficace, & seroyent toutes choses en
confusion & desordre. Pour ceste cause Dieu qui est le createur, & vray conducteur de toutes choses, pour garder
& maintenir la societé des hommes: a

La Religion faict reco gnoistre les Roys.

B ij

premierement baillé les loix concernã
le faict de la Religion : pour imprimer
aux cueurs des hômes l'amour & craincte de Dieu, & pour inuiter le peuple
a rendre à Dieu, ce qui appartient à
Dieu. Et oultre a baillé aultres loix Po-
litiques, pour garder & maintenir la focieté des hommes, & pour contenir vng
chafcun en fon deuoir & office. Ce que
depuis plufieurs aultres Legiflateurs ont
finement feinct & fimulé : comme Minos
La cautelle en Crete, Licurgus enuers les Lacede-
des anciens moniens, Solon a Athenes, Numa Pom-
legiflateurs pilius à Rome, lefquels ont faict entendre & fimulé que les Loix qu'ils bail-
loyent à leurs peuples, ne procedoyent
de leur cerueau, ains de l'efprit de Dieu:
tant pour les rendre perpetuelles & incommutables, que pour obliger dauantage leurs fubiects foubs vng zelle de Religion, à les garder & obferuer. il fault
doncques en premier lieu, qu'vn bon
Roy qui veult bien & droictement re-
Le debuoir gner fur la terre, imprime en fon cueur
du Roy en- la vraye amour & craincte de Dieu: re-
uers Dieu. congnoiffant que fa charge vient de
luy, deuant lequel il fe doibt humilier,

& le recognoiſtre pour ſon grand Roy
& ſouuerain Seigneur, au regard duquel
il eſt vne ſimple creature mortelle, ne
fçachant l'heure de ſa mort. Et neantmoins tenu de luy rendre compte de
poinct en poinct de ſa charge & admi- *La pruden-*
niſtration. Al'exẽple du Roy Philippe *ce du Roy*
de Macedonne, lequel combien qu'il *Philippe*
n'euſt perfaicte congnoiſſance de Dieu, *de Macedo-*
neantmoins recongnoiſſant vng Dieu *ne.*
createur & conducteur de toutes choſes,
voulut en ſa grande proſperité eſtre ad-
uerty par chacun iour, qu'il eſtoit homme & ſubiect a la mort: afin de plus ex-
actemẽt péſer à tout ce qui eſtoit de ſon
debuoir & office: & recongnoiſtre qu'il *Le Roy de*
eſtoit de toutes choſes cõptable enuers *toutes cho-*
Dieu. Et ſoubz ceſte crainte doibt vn bon *ſes compta-*
Roy de iour en iour entendre ce qui luy *ble enuers*
eſt preſcript par la loy, afin de l'executer *Dieu.*
& imprimer en ſon cueur, & au cueur
de ſes ſubiectz, l'amour & craincte de *La religiõ*
Dieu, la Foy & Religiõ chreſtienne telle,
qu'elle nous eſt baillee de Dieu: comme
le vray fondement & conduicte de toutes oeures & actions humaines. Et à ce
propos Dieu en baillant les conditions

du Roy, qui regneroit fur fon peuple
voulut expreffement qu'il euft toufiours
le liure de la Loy efcript, pour y lire iour
& nuiĉt, a fin d'auoir toufiours deuant
fes yeulx les commandemens de Dieu,
pour fa vraye guide & cõduiĉte: a fin de
fe monftrer deuant fon peuple vray obferuateur & zelateur de la Loy de Dieu,
comme vray mirouer & exemple de fes
fubieĉtz. Et en ce faifant le ROY, auec
tout fon peuple recepura & fefiouira des
graces & benediĉtions de Dieu. Camille
difoit qu'aceux qui fuyuent Dieu, toutes chofes leur profperent & fuccedent
heureufement & que tout le contraire
aduient a ceux qui le mefprifent & con-
temnẽt. Numa Põpilius gouuerna auec
telle Religion & modeftie la monarchie
de Rome, qu'il n'y eut de fon temps au-
cunne guerre ou tumulte, & fut le tem-
ple de Ianus cloz par lefpace de quarã-
te troys ans. Cóme de faiĉt, mefmes par
la doĉtrine diuine Dieu promet en plufieurs lieux a ceux qui l'honorerõt & fer
uiront, fes graces & benediĉtiós, qui em
portent entre autres chofes vne paix &
tranquillité entre les fubieĉtz, victoire

contre les ennemys, auec abondance de
tous biens. Et suyuant ceste promesse,
nous lisons que tous les bons Roys & Em
pereurs qui ont esté agreables à Dieu, co
me Dauid, Iosaphat, Ezechiel, Constan-
tin, Charlemagne & infinis autres en
l'administratiõ de leurs royaumes & Em   *Quel prof-*
pires, ont eu en singuliere recommanda   *fict proueni*
tion la conseruatiõ & augmentation de   *de la vertu*
la Foy & Religion, aussi ilz ont heureu   *& bõté des*
sement regné & prosperé sur la terre, em   *Roys.*
porte infinies victoires contre leurs enne
mys, & eux & leurs peuples ont receu
les graces & benedictiõs de Dieu. Com
me aussi il est escript que Iosué a esté vn
fort bõ Roy, recommandable enuers
Dieu & enuers les hommes: aussi a il sou
uent triõmphé de ses ennemys, & a tousiours contenu son peuple en l'amour &
crainte de Dieu. Et faict à ce propos que
sainct Remy en baptisãt le premier Roy
Chrestiẽ de France, predist par esprit de
prophetie, que tãt que la Religion & Foy   *Prophetie*
Chrestiéne dureroiẽt aux Roys de Fran-   *de sainct Re*
ce, ilz seroiẽt tousiours victorieux contre   *my à duré*
leurs ennemis. Laqlle prophetie a duré   *iusques à*
iusques apresẽt, par ce q̃ les roys de Frãce   *present.*

ont esté tellement protecteurs & obser
uateurs de la Loy, & Religiõ chrestienne
qu'ilz ont merité d'estre appellez Roys
Tres chrestiens par dessus tous les autres
Roys de la terre: aufsi ilz ont tellement
iusques icy prosperé, que contre les Ethe
nicques & Barbares ilz ont obtenu infinies victoires, & ont esté par tous les pais
estranges crainctz & redoubtez par dessus toutes les autres nations du monde.
Et à l'endroit de leurs voisins se sont tellement maintenus & gardez : que iusques
icy ilz ont conserué & gardé leur Royaume beau, florissant & admirable, autant
ou plus que Royaume du mõde. Ce qui
montre euidemmēt que la conseruation
de la Foy & religion Chrestiéne & Ca-
tholicque, apporté auec elle toutes les
graces & benedictions de Dieu : plusieurs bons empereurs l'ont par experiéce congneu & attesté, comme l'empereur Zenõ, dedans Nicephore : l'Empereur Antonin, dedans Eusebe, Iustinian
en ses nouuelles Constitutions.

En quoy consiste la vraye observation & entretenement de la Foy & Religion Chrestienne & catholique.

CHAP. 5.

E vray moyen de garder &
entretenir vn vray & per-
faict estat de Religion, consi
ste speciallement en deux
poincts. Le premier appartient aux cere
monies & ministeres de l'Eglise. Le second, concerne les personnes & ministres d'icelle. Quand aux ceremonies de
l'Eglise, nous n'en ferons pour le present
long discours, comme estant chose assez
cogneue de ceux qui font profession de
la Religion Chrestienne & Catholique:
desquelles nous auons bon & suffisant *La Religion*
tesmoignage par le Vieil & Nouueau *ne peult*
Testament, qui est la loy des Chrestiens *estre sans*
incommutable. Mais seulement nous *ceremonies.*
dirons que les ceremonies sont requises
& necessaires pour l'exercice de la Religion, sans lesquelles la Religion ne peult
subsister, comme il est assez notoire par
l'Escripture saincte. Tellemét que celuy
qui veut oster ou mespriser la ceremo
nie est fort punissable, comme voulant

en conſequence abolir la Religion. Ce
que meſmes les Payens & Ethniques
ont bien preueu encores qu'ils n'euſſent
vraye cognoiſſance de Dieu, leſquels
ayans introduiĉt quelque forme de Religion en leur republique, & quelques
ceremonies pour l'exercice d'icelle, les
ont voulu eſtroiĉtement garder & ob-
ſeruer, & n'ont iamais permis qu'elles
fuſſent aucunement immuees ou al-
terees. Pour ceſte cauſe Spurius Poſthumius Conſul de Rome rend teſmoignage dedans Tite Liue, que bien ſouuent il a eſté enioinĉt aux Magiſtras
de Rome d'auoir l'oeil que on ne intro-

Deffences des Romaĩs de introduire aucũ nouueau ſacrifice.

duiſt à Rome aucun nouueau ſacrifice
ny aucune nouuelle Religion, comme
ny ayant plus grand moyẽ d'abolir vne
religion, que d'introduire ou permettre
aucun ſacrifice eſtrangier. Et à ce propos Suetone, loue fort Auguſte Ceſar

Les Empe-reurs Ro-mains grãs obſerua-teurs des ce-remonies an-ciennes.

non ſeulement pour auoir diligemmẽt
gardé et obſerué les ceremonies anciennes des Romains, mais auſſi pour auoir
ſoigneuſement reieĉté toute Religion,
et ceremonie nouuelle. Spartian ſemblablement loue grandement l'Empe-

cōmençoyent à reprēdre leurs eſpriz, et
à vouloir reduire l'eſtat du Royaume en
ſa premiere fleur:furent trop plus viue-
ment touchee de la main de Dieu,qu'ils
n'auoyēt encore eſté au-parauant,quād
au milieu des grands triomphes, et re-
ſiouiſſances publicques,il nous oſta noſtre bon Roy. Apres le decez duquel
pluſieurs ſeigneurs et Princes de ce royaume, eſmeuz d'vn eſprit d'orgueil &
d'ambition, ont de plus en plus oublyé
et meſpriſé Dieu,blaſphemé contre luy
& contre ſon Egliſe. Et ſoubs pretexte
d'vne fauſe & inuentee Religion,ont en
premier lieu pillé & ſaccagé les Tēples,
abatu les Autels & images,rauy & em-
porté les reliquaires & ornemens des E-
gliſes,tué & ſaccagé les Preſtres & mini
ſtres, violé les ſepulchres & monumens
des mors:choſes de tout temps,meſmes
entre les æthniq̄s & Payés,plus q̄ barba
res & inhumaines.Et toſt apres auoirvio
lé la Religiō,qui eſt le vray frein des hō
mes:pour les cōtenir en ordre & ſocieté
eſtás comme gens perdus & abādonnez
n'ayás riē deuāt les yeux que vn vray de-
ſeſpoir, ont cōiuré cōtre leur roy,& na
turel ſeigñr,ſe ſont emparez de ſes villes

fortes ont leué fubfides, faict forger mõ noyes, pratiqué les nations eftrangeres pour faire la guerre contre leur patrie, & faict infinies autres entreprinfes contre fon eftat, auctorité & grandeur, auec vne ferme volonté & intention de fubuertir le Royaume, de le diuifer & partager felon leur defir & volunté. Efquel.

Malheurs de la guerre. les guerres nous auons veu l'oncle cõtre le nepueu, le frere contre le frere. Tellement qu'ils ont reciproquement exercé leur cruauté, quafi contre euxmefmes. Ce qui nous demonftre euidément que Dieu eft encores courroucé contre nous, comme il nous le faict affez paroiftre par infinies autres afflictions qu'il nous enuoye comme peftes, famines, guerres, pilleries, faccagemens, tailles, fubfides, exactions: à la grande foule & oppreffion du pauure peuple. De maniere qu'il faut en premier lieu recognoiftre Dieu, & faire ceffer la caufe de fon ire, qui eft la vraye fource & origine de toutes noz miferes & afflictions: & faut reftablir l'eftat de Religion & diligemment reformer ce qui a efté de long temps gafté & peruerty.

Que le mespris de la Religion, est la vraye & princi-
pale cause de la ruyne & submertion des Royaulmes,
Empires de toute autre forme de Republique.

CHAP. 4.

Tout ainsi que la Religion est
le vray fondement & soute
nemét d'vne Monarchie ou
Republique : aussi le mes-
pris & contememét d'icelle, est la vraye
& seule cause de la ruine & subuertion.
Car tout ainsi que Dieu se voyant reueré
& honoré, espand ses benedictions sur
son peuple, & sur toute la terre par vne
paix vniuerselle, par vne fertilité & abõ
dance de tous biens, par vne exemption
de maladies: aussi se voyant mal seruy & *Punitions*
mesprisé de ses creatures, il les visite & *de Dieu.*
aflige par guerres, par pestes, par famine
par tremblemens de terre, pour les ef-
fraier, & pour amolir leurs cueurs, &
pour les inuiter à le recongnoistre:
Et quand il void les cueurs des Princes
& des subiectz endurcis en leur iniquité, & q̃ ses afflictions n'apportét aucune
correction ou amendemét. Alors il tras-
fere les Royaumes & dominations d'vne

terre en l'autre, côme l'Escriture saincte
no⁹ enseigne. Ce que nos predecesseurs
& nous auôs assez cogneu par experien
ce: car nos predecesseurs par leur vertu
& preud'homie ont receu vn aage doré,
orné, & enrichy de plusieurs dons & gra
ces de Dieu, mais nous par noz vices &
iniquitez, & par le mespris & conten.
nement de Dieu & de son Eglise, auons
prouoqué l'ire de Dieu côtre no⁹ lequel
nous a visité de ses verges & fleaux. Car
si oncques royaume a esté affligé, c'a esté
cestuy nostre Royaume. Premierement
par guerres côtre les Espaignolz, Flamãs
& Angloys, par l'espace de douze ans en
tiers, pendãs lesquels les pauures suiects
ont esté infiniment vexez et tourmétez
par infinies inuasions pilleryes, et sac-
cagemens, et par continuelles tailles et
exactiôs, pour porter les fraiz et despens
de la guerre, et l'estat de Frãce apres plu
sieurs batailles, grandement diminué et
affoibly. Finablement toutes ces afflictions et calamitez ayãs pris fin par vne
desiree confederation et alliance entre
les Roys et Princes voisins, par le moyé
desquelles les Prínces et subiects de Frãce

reur Adrian, pour auoir diligemment obſerué et gardé les ceremonies, et la maniere de ſacrifier des Romains , & pour auoir ſoigneuſement empeſché toute autre ceremonie eſtrangere. Et les Atheniens ont tellement eſté ob- ſeruateurs de leur Religion, qu'ils faiſoy ent iurer tous leurs Magiſtrats : et aul- tres de garder inuiolablement la Reli- gion introduicte par leurs maieurs , et ont condamné et mis à mort Socrates, pour auoir voulu introduire vne nou *Ministres* uelle forme de Religion. Puis doncques *de l'Egliſe* que les anciens Ethniques et Payens n'a *doibuent* yāt aucune vraye cognoiſſance, ny au- *eſtre la lu-* cun certain teſmoignage de leur Dieu *miere du* et de leur Religion, ont eſté tellement *monde.* zelateurs, de leur religion qu'ils n'ont iamais permis ſeulement vn nouueau ſacrifice. Combien à plus grande rai- ſon les Chreſtiens qui ont vraye & par- faicte cognoiſſance de Dieu, & de la vraye Religion doyuent ils eſtre entiers & affectionnez à la garder & entrete- nir inuiolablemēt, de l'obſeruatiō de la- quelle deſpēd tout leur proſperité en ce monde, & leur beatitude en l'autre? Dōt

appert que pour le faict du miniftere. Il
eft tres requis & neceffaire de garder les
ceremonies anciennes , fans lefquelles
la religion ne peult lóg temps fubfifter.

De la creation & erection des miniftres de l'Eglife,
& de la collation des benefices & dignite d'icelle.

CHAP. 6.

E fecond poinct requis pour
la manutention de la Religion, concerne la perfonne
du miniftre qui eft le princi
pal poinct pour garder & maintenir vn
parfaict eftat de Religió. Car l'Efcripture
faincte nous enfeigne que les miniftres
de l'Eglife doyuent eftre la lumiere du
monde, & qu'ils doyuent par deffus tous
reluire & feruir d'exemple de toute fain
cteté & preud'hommie et pour cefte rai
fon, ils eftoyent anciennement appellez
Preftres , qui eftoit autát à dire comme
vieux & anciens : par ce que ceux qui
eftoyent appelez à ce degré, eftoyent gés
vieux & venerables par deffus les autres
& excelens en doctrine & fyncerité de
vie. Lefquels indifferemment S Pol appelle

pelle Prebſtres & Eueſques, comme ces mots eſtoyent indifferens en l'Egliſe primitiue, & n'eſtoyent aucunes perſonnes proueuz en ce degré de Prebſtriſe : ſinon apres auoir eſté de long temps cogneuz, approuuez & experimentez en doctrine & bonnes meurs, en l'election deſquels & auāt que de les appeller aux charges & dignitez Eccleſiaſtiques on appelloit le peuple, à fin que ſi aucun cognoiſſoit en chacun d'eux quelque crime ou vice notable, il euſt a le dire & reueler: à la charge, toutefois (pour oſter toute occaſion de calomnie) de le prouuer, ſur peine d'eſtre conuaincu de calomnie: comme recite Lampride en la vie de l'Empereur Alexandre Seuere. Tellement que noz maieurs ont merueilleuſement deſiré & ſouhaité d'introduire en l'Egliſe de Dieu, gens recommandables par deſſus tous en vertu & preud'homie: comme auſſi ſainct Paul par l'eſprit de Dieu le requiert, en ce qu'il veult que l'Eueſque ou miniſtre de Dieu & de ſon Egliſe, ſoit irreprehenſible, diligent, vigilatif pour auoir l'oeil ſur ſon peuple, exēple de toute ſobrie-

Preſtres & Eueſques mots indifferends.

Forme d'eſlire les preſtres & Eueſques.

C

té, chafteté, & modeftie amateur des
pauures & d'hofpitalité & quafi exépt
de tous vice. En quoy nous demonftre
fainct Paul, qu'il fault que les miniftres
de Dieu foiét excellents en doctrine &
fyncerité de vie, à fin de edifier & illu-
miner le peuple, par doctrine, & par
exemple : ce qui n'eft requis fans gran-

Les Roys cu
rieux a choi
fir gens ex-
pers en
leurs courts

de raifon. Car fi les Roys & Princes qui
font hômes fubiects à peché, font merueilleufement curieux d'auoir en leur
feruice gens de diuers eftats & conditions, nets, propres, ayants attaincts
quelque grande dexterité ou perfectió,
en la vaccation ou chacun deux eft appelé. Côbien à plufgrande raifon eft il
requis & neceffaire que ceux qui font

Les Prebftres
doiuent ad-
uoir la con-
fcience net-
te.

appelez au feruice & miniftere de Dieu,
(qui eft la vraye bonté & perfection, &
qui eft le Roy des Roys, & le Seigneur
des Seigneurs) & au maniement des
chofes facrees & diuines, foyent d'v-
ne confcience nette, & par deffus
les aultres reluyfans en doctrine &
preud-hommie? Aultrement (comme
dict fainct Hierofme) malaifement
vn Euefque ou autre ayant charge &

ignité en l'Eglife de Dieu , pourra di-
ertir par predication & remonftrance
npecheur de fon peché du quel luy-
nefme fe trouuerra fouillé & entaché.
Dauátage commé fe pourra il faire que
n Euefque (à l'office duquel appartient
ngulierement de prier Dieu pour les
echez du peuple) puiffe par fes prieres
ppaifer & adoucir l'ire de Dieu s'il eft
e foymefme indigne & incapable du
iniftere de Dieu? comme difoit l'Em-
ereur Iuftinien.

elz proffictz & commoditez aduiennent par
l'election de gens dignes & capables pour eftre
pourueuz aux dignitez eclefiaftiques: & quelz
inconueniens & incommoditez prouiennent du
contraire.

CHAP. 7.

Ar ce que deffus a efté deduict appert que les perfonnes Ecclefiaftiques ne doib
uent eftre legierement appel
z au miniftere de Dieu & de fon Egli-
:& fpeciallemét aux grádes charges &

dignitez ecclesiastiques à mis auec vn
grande cognoissance de cause & aue
la commune voix du peuple qui est co
stumierement la voix de Dieu : comm
nous auons recité de Lampride. Car e
ce faisant on reuerera vn chacun ama
teur, & studieux de vertu & de preu
d'homie:faisant le contraire on abasta
dira les esprits des hommes qui seron
amateurs de toute oysiueté raeine
tous maux. Dauantage les gens de bie
& sçauans, estans appellez au ministe
de l'Eglise seront respectez & reuere
d'vn chacun, & le peuple prendra pla
sir & deuotion à les imiter & ensuyui
aucontraire nous voyõs que les vitieu
& ignorans sont mesprisez & vilipede
d'vn chacun: des bons & vrays mini

Vitieux &
ignorans
mesprisez
& vilipen
dez.

stres,on aprendra toute bonne doctri
& sincerité de vie, des autres toute ign
rance,toute paillardise & infection. L
bons employeront le bien de l'Eglise
l'instruction & institution de la ieune
se,en la cognoissance de Dieu , & d
bonnes lettres, à la nourriture & suste
ration des pauures,à l'entretenement
augmentation des maisons , & bie

Ecclesiastiques, comme d'vn vray Domaine & patrimoine des pauures, &
aux autres bons & saincts vsages, auf-
quels ils sont destinez. Les autres ou ils
sont infiniement aueuglez & brustans
d'auarice ou d'ambition, espargnans cu
rieusement le reuenu de leurs benefices
ou pour thesaurizer en la terre, ou pour
employer à l'augmétation de leurs maisons & familles, ce qui appartient aux
pauures, laissans ce pendant le pauure
couscher à descouuert, & mourir de
faim. Ou bien ils sont notoirement prodigues, tellement qu'ils perdent & dis-
sipent leurs biens & reuenus sans discretion & sans mesure, en bäquets, pail-
lardises & autres infinies excez, oculairement cogneuz d'vn chacun, & ce pen
dant ils quittent & delaissent le seruice,
& ministere de Dieu & de leurs Eglises,
& laissent tomber leurs temples & edi-
fices, anciens & beaux en toute ruine &
decadence, & se contentant de porter
le tiltre & de receuoir, & de manger le
reuenu de leurs benefices au grand cre-
uecoeur & mescontement d'vn chacũ.
Les premiers entretiennent le peuple

C iii

Le bien de l'Eglise le vray patri moine des pauures.

Les mau- uais dispen sateurs des biens Eccle- siastiques.

Les temples & maisós Ecclesiasti qu s tóbent en ruine.

en la crainéte de Dieu, en l'obseruation des Loix diuines & humaines : les autres murmurent contre Dieu par iuremens & blaſphemes, meſpriſent & violent les Loix & ordonnances diuines & humaines, & rendent auecques eux le peuple ignorant, deſobeiſſant, plain de murmure & de rebellion. Tellement que nous pouuons à bon droiét conclure & reſouldre que l'abſence, ignorance, & indignité d'aucuns miniſtres qui ſe ſont trouuez de noſtre temps en trop grand nombre, la mauuaiſe vie & conuerſation des aultres, qui ont eſté par la miſere du temps, auec peude diſcretion & congnoiſſance de cauſe, pourueuz des beneficcs & dignitez Eccleſiaſticques, & prepoſez aux choſes ſacrées & diuines: ont engendré en l'Egliſe vn tel meſpris, & vn tel deſordre, qu'ilz ont eſté les vrayes cauſes des ſciſmes, diuiſions & rebellions aduenues en la Chreſtienté. Leſquelz ſe ſont trouuez tellement ſouillez & contaminez de toute ſorte d'iniquité : que au lieu de contenir le peuple en l'amour & crainte de

La mauuaiſe vie des prebſtres cauſe des ſeditiõs & rebelliõs

Dieu, comme ils estoient tenuz faire & par doctrine, & par exemple de
bonne vye : au contraire par leur negligence, indignité & mauuaise vye,
ils ont esté causes que le peuple s'est
eslongné de l'obeissance de l'Eglise.
Lequel par l'absence & negligence
desdicts ministres, a esté soubs quelque pretexte de liberté seduict par
faulx Ministres : lesquels en l'absence des aultres, se sont emparez de
la chaire de Verité, & preschant les
faulces & inuentées doctrines, ont seduict & abusé le pauure peuple igna-
re, & mal edifié. Peuple qui facilement
leur à presté l'oreille, estant comme
vne brebis esgaree, delaissé & abandonné de ses vrais Pasteurs & ministres : Tellement qu'en peu de temps
il a delaissé sa Religion, & bien tost
apres mesprisé l'auctorité de son Prince, & coniuré contre sa personne, &
contre son estat. Et lequel peuple comme nous auons dict, prend son principal fondement & manutention de la
Religion. Sans laquelle toutes-fois il

Le peuple côme brebis egarées seduit par faux mini-stres.

La Religion vray pillier & soustene-ment des Royaulmes.

C iiii

il ne peut longuement subsister. Ceste matiere requiert vn plus long discours pour diligemment rechercher l'heur, & prosperité qui prouient de la vraye creation & establissemens des Euesques, Abbez, & autres Ministres de l'Eglise, de la saincteté & integrité de leur vie: Au contraire quels malheurs & inconueniens nous sont aduenuz de leur indignité, & mauuaise vie. Mais nostre intention n'est point de faire vne inuectiue côtre eux. Lesquels nous voulons honorer & reuerer à cause du degré, reng, & dignité qu'ils tiennent en l'Eglise. Ains seullement de monstrer combien il est necessaire pour la maintention de l'estat du Roy, que les Eueschez, & autres benefices, & dignitez Ecclesiastiques soyent pourueuz & honorez de bons hommes, vrais Prelats, & ministres de Dieu. A fin de doresnauant imiter les Roys & Princes, de resister à l'auarice & ambitiõ des hommes: & auec toute diligence rechercher les hommes vertueux & sçauans: & les appeller aux estats & dignitez Ecclesiastiques, pour le seruice & ministere de Dieu, & de

Excuse de l'autheur les Ecclesiastiques.

Intêtion de l'Autheur.

son Eglife: pour l'edification du peuple:
& en confequéce pour la manutention
de leur auctorité & grandeur. Et pour
les imiter d'auantage à ce faire: nous dirons en paffant, que la fainéteté & preu-
d'homie des Archeuefques, Euefques
& autres fuperieurs en l'eglife, retient
en office les miniftres inferieurs qui
font en trefgrand nombre: Lefquels fe
compofent à l'imitation & exemple de
leurs fuperieurs. Au contraire leur ab-
fence ou mauuaife vie les faict entrer
en pleine liberté, & ouure la porte à
tout malheur & iniquitez. Nous dirons
dauantage que quand les Euefchez,
Abbayes & dignitez Ecclefiaftiques ont
efté conferez par la nomination, & election des miniftres de l'Eglife felon l'ordonnance & determination des faincts
Decrets & Conciles generaux : alors
Dieu a efté reueré, feruy & honoré: le
peuple enfeigné & edifié, la pauure ieu-
nefle inftruicte, nourrie, & alimentee,
les pauures malades recueilliz, nourris,
logez. Tellement que l'on ne voyoit
poinct en la Chreftienté vne turbe de
pauures errans çà et là par toute la ter-

*Les Euef-
ques & au-
tres fupe
rieurs fer
uent d'exé-
ple à tous
aultres mi-
niftres.*

*Le bien pro
uenant de
l'election
des Euef-
ques.*

re, ſans maiſon & domicille: ains en téps de neceſſité ilz eſtoient recueillis & nourriz dens le giron de l'egliſe, en laquelle on voyoit faire par chacun iour aulmoſnes generalles, cõme encores on peult voir à l'œil, en peu d'abbayes & Monaſteres qui ſont demeurez electifz. On experimentoit la diligence de ces bons Prelatz & Paſteurs, leſquelz (à l'exemple du fourmi) en temps de proſperité faiſoient des Magazins & amas de tous biens & fruictz de la terre, pour en temps de neceſſité les dóner & aumoſner aux pauures leſquelz ilz repputoiét leurs enfans & vrays pupilles. A ce propos on peult en ce lieu inſerer vn apophtegme de Meſſire Ambroys le Veneur Eueſque d'Eureux, qui eſtoit de fort noble & ancienne maiſon de Normandie: frere du feu Cardinal le Veneur, qui fut grand Aumoſnier de France, lequel en deux ou trois annees qui auoiét eſté fort fertiles & fructueuſes, auoit faict vn grand amas de bledz: tellement qu'il en auoit vne fort grande quantité, comme il eſtoit tout notoire par tout le pays. A raiſon de quoy eſtant ad-

*Menage &
ſoucy des
bons Eueſ-
ques &
Abbes.*

(

uenu vne année fterile , en laquelle le
bled eftoit fort rare & fort cher , plufieurs marchans fe retirerét vers ledict
fieur Euefque, pour acherer quelque
partie de fon bled: lequel leur feift refponce qu'il auoit plufieurs Marchans *Aumofne*
qui debuoiét tout prendre à vn mefme *publique*
prix. Et fe proumenant auecques eux *vraye mar-*
& fortant de fon Chafteau, leur mon *que des bõs*
tra bien mille ou douze cens pauures, *miniftres de*
& leur dict que c'eftoient les Marchans *l'Eglife.*
aufquelz il debuoit tout bailler à mef-
me prix. Il leur remonftra qu'aultres
Marchans de bledz ne fe debuoient a-
dreffer aux maifons des euefques. Mais
nous craindrions bien fort, que pour
le préfent au lieu des pauures, on ne
trouuaft des chiens, & des Oyfeaulx,
& beaucoup de fortes de perfonnes
que nous n'ofons honneftement fpeci-
fier. L'aumofne publicque eftoit ancien
nement vne des principalles marques
de la bonté & preudhommye des vrais
miniftres de l'Eglife. Et pour c'eft effect,
apres le feruice & miniftere de Dieu, ilz
trauailloiét & prenoient foucy de leurs
maifons & menages: faifoient curieufe-
ment cultiuer & enfemécer leurs terres

comme on void encores de preſent en quelques maiſons et monaſteres de ce Royaume, que Dieu a iuſques icy reſeruè, pour ſeruir d'exemple et pour la reformation des autres: eſquelles on void toutes choſes proſperer et augmenter: cõme aux autres toutes choſes amoindrir et diminuer. Car ils ne ſe repoſent poinct (comme les autres) ſur des Receueurs et autres ſortes de gens, qui ne ſeruent apres leurs maiſtres qu'atirer tout ce qu'ils peuuent de la ſubſtance de la terre : et non pas de l'augmenter ou ameliorer. On voyoit en leur tẽps la terre qui eſtoit bien cultiuée et engreſſée, plus apporter en vn an, qu'elle ne faict en trois. On voyoit les pais embellis de belles et grandes forets, dependans de leurs Abbayes et Eueſchez. De ſorte que nous eſtions en vn vray aage dorè. Mais pour le preſent (a fin de ne riẽ ſpecifier) on void tout tumber en ruyne et decadence, tout gaſtè et peruerty, la voluntè et intention des fondateurs fruſtrée, (au grand regret d'vn chacun) auec vne grande miſere et calamitè par toute la Chreſtientè. Tellement que le vray de.

Bon meſnage es monaſteres electifs.

Mauuais meſnage d'aucuns miniſtres

uoir d'vn bon Roy eſt de tenir la main à ce qu'il y ſoit promptement remedié, et donné ordre pour la conſeruation et manutention de l'eſtat de l'Egliſe:et en conſequence des Royaumes et Monar chies. Autrement nous arreſtás à ce qui eſt eſcript , nous ne pouuons attendre ſinon vne briefue ruine et reuolution de toutes choſes.

De la Iuſtice & eſtabliſſement d'icelle. Chap. 8.

NO vs auons diɢ cy deuant qu'il y a trois choſes, qui gar dent et maintiénent les Roy aumes et Republicques en leur entier :La Religiõ, Iuſtice, et force. Nous auons aſſez amplement parlé de la Religion. Nous traiɢterons donques en ſecond lieu de la Iuſtice , qui eſt vn autre theme, grand et plantureux:com me eſtant celle dont deſpend la ſocieté des hommes;et l'entier gouuernement des Royaumes et Republiques. Cicerõ au liure des loix , diɢ que entre toutes les choſes qui viennent en diſpute entre les hommes,il n'y a rien plus excellent

que de cognoiſtre que nous ſommes
nez à Iuſtice, qui eſt(ſelon Ariſtote) vne
vertu aimable, accompaignee de toutes les vertus morales. Par l'aide deſquelles, elle diſtribue à vng chacun ce
qui luy appartient:& determine quelles choſes ſont à louer ou reprimer.
Et eſt ceſte vertu la premiere,& la plus
digne des vertus Cardinalles , com
me auſsi elle eſt la principalle & plus ne
ceſſaire partye de toutes Monarchies,
Royaumes, & Republicques bien et
deuement conduictes et ordonnees, laquelle à bon droict Ciceron appelle la
Royne de toutes autres vertus:et Socrates dedans Xenophon la nomme la
vertu Royalle, tant par ce qu'elle eſt
merueilleuſement propre et bien ſe-
ante à vn Roy:(lequel la doibt naturellement à ſes ſubiectz, tout ainſi que ſes
ſubiectz luy doibuent Foy, obeiſſance,
et ſubuention) que par ce que c'eſt la
vertu par laquelle les Roys regnent,
les Royaumes et principautez ſont en-
tretenuz en leur grandeur et proſperité , les ſubiectz d'icelles (chacun en
ſon eſtat)regis et gouuernez en paix ,

Iuſtice rend à vn chacũ ce qui luy appartient.

Iuſtice prin cipalle par- tie des Roy- aumes & Republiques

Iuſtice Roy- ne de toutes vertus.

& vnyon. Les vertueux et bien faitz honorez & reuerez: les mauuais & malefices reprimez & amendez, par defaute de laquelle tous Royaumes & Republicques font facilement fubuertis & ruinez, delaquelle on aprend quel eft l'eftat & office d'vn Roy enuers fes fubiectz, quel eft le debuoir du fubiect enuers fon Prince. Comment & auec quel ordre & police il fault que les hommes fe maintiennent les vns auec les autres: le pere auec le filz, le filz auec le pere: le feigneur auec le vafal, le Cytoyen auec le Cytoyen.

Tellement que fi vous oftez la Iuftice, il eft impofible, dict Macrobe, *Le Royaume* que non feullement vng Royaume, *fans iuftice* ou vne Republicque: mais aufsy vne *eft vne* feulle petite maifon, puiffe aucune- *vraye bri-* ment fubfifter. Sainct Auguftin dict *ganderie.* que la Iuftice eftant demembree des Royaumes & Republicques: ilz ne fe doibuent, & ne peuuent plus nommer Royaulmes ou Republicques, mais vrayes briganderyes, pilleries, & voleryes, accompaignees de tout vice, &

La Iuſtice
maintient
ſucceßiue-
ment les
Roys en leur
grandeur.

iniquité. C'eſt ceſte Iuſtice laquelle confir-
me, augmête & entretient les Roys & Monarques ſucceſſiuement en leur auctorité
& grandeur. Par ce qu'elle faict que le filz
apres la mort du Pere, prend ſuiuant la
Loy du Royaulme, le ſceptre, & repreſen
te tellement la perſonne de ſon Pere, qu'il
ſemble quaſi a voir qu'il n'y ayt aulcunne
mutation ou changement des perſonnes,
eſtant l'ordre du Royaulme gardé & main
tenu en toutes choſes. Et pour ceſte raiſõ
il eſt eſcript, que le Roy qui rend Iuſtice
au pauure fera perpetuellement florir ſon
Royaume & principauté pour ceſte cauſe ceſte vertu eſt appellée immortelle, tãt
par ce qu'elle rend les Royaulmes immor-
telz, que par ce qu'elle rend ceulx qui l'ont
deuement adminiſtrée, dignes d'vne vie
& gloire eternelle. Ce que Ciceron encores qu'il fut ethnique & Payen (ſuyuant
l'opinion de Platon) à diſertement teſ-
moigné: quand il dict que pour tous ceux
qui auront ſagemêt aydé & adminiſtré la
Republicque, il y a vng certain lieu au
Ciel, auquel ils viuront eternellement. Ce
que vng hôme Chreſtien n'euſt plus veritablement n'y plus diſertement exprimer.

Que

quel heur, & quel bien prouient du vray exercice
de iustice. Au contraire quels malheurs & inconueniens procedent du mespris & contemnement d'icelle.

CHAP. 9.

CESTE vertu est le vray habit & ornement des Roys,
qui les faict réluyre & estre
en honneur & admiration
enuers leurs subiects ; & qui les maintient en tout heur & prosperité. Pour
ceste raison il est escript, que celuy qui
a aimé & faict iustice, a esté oinct de
Dieu de l'huille de liesse & prosperité,
par dessus tous ses semblables. Marc
Caton dedans Saluste dict, que la grandeur de l'Empire Romain n'est poinct
prouenue de la force & puissance des
Romains, ny par leurs armes & cheuaux : mais de l'industrie domestique
& de la iuste domination de leurs anciens & predecesseurs : en ce qu'ils ont
esté enuers leurs Citoiens, subiects &
confederez, vrais amateurs & distribu-
teurs de iustice. Et de faict, il n'y a chose,
qui plus conserue & augmente l'estat

Iustice le
vray habit
& ornemēt
des Roys.

D'ou est pro
uenu la grã
deur de
l'Empire Ro-
main.

D

d'vn Royaulme ou Republicque, & qui plus estroictement retient les subiectz & confederez en obeissance & amytié: que la vraye administratiõ & distribution de la Iustice. Pour tesmoignage de ce, Polibe recite que les Lacedemoniés, & plusieurs autres nations grandes & puissantes, se sont facilement submises à vne petite famille & Republicque des Achées. A raison de la concorde, vnion & Iustice qui estoit inuiolablement gardée entre ce petit peuple : non poinct pour la force & puissance qui fust en ceste petite Republicque, qui estoit de trop moindre que les autres. Et en autre endroict il escript, combien que les Romains eussent perdu deux batailles, & que leurs affaires eussent esté par ce moyen reduittes à toute extremité : toutesfois l'ennemy ne ne peut oncques attirer à son obeissance, aucune ville qui fust de leur subiection, mais aymerent mieulx les citoyens endurer infiniz maulx & afflictions pour leur garder la foy, qui leur auoient promise & iurée.

C'est la mesme iustice qui nourrit

Plusieurs nations se submettent à vne petite Republicque.

La fidelité de plusieurs nations enuers les Romains.

& entretient la paix & vnion entre les subiects, les confederations &
alliances auec les voisins & auec les
estrangers. Pourtant il est escript, que
la paix & concorde est le vray oeuure
& le vray fruict de iustice.

La iustice mere nourri ce de concor de.

Et tout ainsi que par la iustice, les
hommes son contenus en vne societé
& concorde, les Royaulmes & princi-
aultez maintenues en paix & vnion:
aussi par l'iniustice toutes choses sont
altees & peruerties. Tellement que
là ou l'iniustice regne, il n'y a superiorité
ny domination:& ne peult on discer-
ner le propre d'auec l'autruy. Le plus
meschant, le plus fort, le plus fin & cau-
teleux y domine. Ce n'est plus Royaulme, mais briganderie & vollerie. Ce
n'est plus societé d'hommes : mais vne
assemblée de bestes. Et pour ceste raison l'escripture dict, que par l'iniustice
les Royaulmes & Republicques sont
transferez d'vne terre en l'autre. Et n'y
chose au monde qui tant face hayr les
Roys à leur peuple que le deny de iustice. Philippes pere d'Alexandre, fut
tué par Pausanias, à qui il auoit longtés

L'iniustice cause de tou te côfusion.

Par l'iniu-stice les Ro-yaumes trãs-formez d'v ne terre en l'autre

Le deny de iustice fait hair les Roys.

denié iuftice. Tãt par ce que il l'eftimoit
indigne de regner, luy ayant plufieurs
fois contre droict & raifon denié iufti
ce : que par ce que il eftimoit fon iniure
bien vengée à l'endroict de celuy qui
n'auoit tenu conte de punir le malfaict
& iniquité de fon ennemy, comme fi
dignité Royalle le requeroit.

En quoy fpeciallement confifte l'adminiftration e
exertice de la iuftice : & de l'office du Roy pou
la diftribution d'icelle.

CHAP. 10.

L'OFFICE & deuoir d'v
bon Roy, pour bié & deu
ment adminiftrer iuftic
confifte fpeciallemét e
trois poincts. Le premier concerne
perfonne du Roy, fa fyncerité, integri
& conftance, & en la diftribution de i
ftice. Le fecond concerne les loix & o
donnances. Le troifiefme appartient
la creation & eftabliffement des Magi
ftrats & Confeillers : tant pour vuid
& terminer les differés du peuple, po
faire eftroictement garder les loix & o

donnances: que pour la police & entier gouuernement du Royaume. Premierement nous parlerons de la perſonne du Roy, & montrerons quel il doibt eſtre en la diſtribution de ſa iuſtice. En quoy faut noter que le Roy qui eſt le-giſlateur & gouuerneur de ſes ſubiects, doibt eſtre la vraye lumiere de ſa iuſtice, comme repreſentant (pour ce regard autorité & maieſté de Dieu en la terre. Et ſe doibt monſtrer & manifeſter deuant tous, grand zelateur & amateur de iuſtice, vray et premier obſeruateur et executeur de ſes ordonnances. A ce propos l'Empereur Theodoſe diſoit, que c'eſt vne voix et parole treſdigne d'vn Empereur ou Monarque, ſoy dire et monſtrer vray obſeruateur de ſes loix et ordonnances. Sainct Ambroiſe eſcrit, qu'il faut que les Roys gardent et enſuy-uent ſoigneuſement leurs loix et ordonnances, et celles de leurs predeceſſeurs, qui ont bié regy et gouuerné leur Royaume, à fin que à leur exemple les autres plus facilement y obeiſſent. Car le Roy ſe monſtrant tel, difficilement ſon ſubiect oſera tráſgreſſer et violer ſa loy

Le Roy doit eſtre la vraye lumiere de la iuſtice.

Le Roy doit viure ſelon les loix.

& son ordonnáce. Car les subiectz coustumierement se font & composent à l'i-
mitation de leurs Roys & superieurs.

Les subiects onsuyuent coustumiere ment leurs Roys & su perieurs.

Il est doncques besoing pour establir
la loy, pour luy donner force & authorité, qu'elle soit premierement sui-
uie & obseruée du Roy. Enquoy il
fault imiter ces bons Roys d'Egipte,
lesquels (comme Diodore Sicilien escript) s'estimoient estre bien heureux
en obeissant aux Loix: comme estant
le vray heur d'vn Roy, de bien & sain-
ctement regner, en gardant les Loix
& ordonnances.

Les Roys d'E gipte bien heureux en obeissant aux Loix.

Et pour ceste raisô dit le saige que le trô
ne de celuy qui fera iustice, demeurera
perpetuellement ferme & stable il fau
doncques que le Roy soit le premier ob
seruateur de la loy : comme vray ama
teur, Zelateur & distributeur de iusti
ce. Et pour ceste cause est besoing, qu'il
ayt pres de luy, & que soigneusement
il choisisse gens saiges & de long tem
approuuez & experimentez par la
commune voix du peuple, pour luy
donner aduis & conseil, pour la con
duicte de son Royaulme, Et pour l

Le Roy doit auoir pres de luy gens saiges.

diſtribution de ſa Iuſtice:afin qu'il puiſ
ſe ſaigement & prudemment ſatiffai
re aux requeſtes, plaintes & doleances de ſon peuple, pour eſtre à tous
ſes Iuges vng'vray mirouer & exemple de toute equité & Iuſtice. A l'exem
ple de Ioſaphat Roy du peuple de Dieu
lequel eſt loué en l'eſcriture, pour a-
uoir eſté luy-meſme amateur & vray *La ſageſſe*
diſtributeur de iuſtice: dauantaige il *du Roy Ioſa*
fault que vng bon Roy ſoit familier & *phat*
aceſſible, pour ouyr les requeſtes &
plaintes de ſon peuple à l'exemple de
Samuel, qui eſtoit le gouuerneur & *Le Roy doit*
grand iuge du peuple de Dieu: lequel *eſtre fami-*
eſt loué en l'eſcriture ſainēte, pour a- *lier & ac-*
uoir ſouuent enuironné la terre de Be *ceſſible.*
thel & aultres terres, à fin que cha-
cun peuſt commodement venir vers
luy: pour librement luy demander iuſti *La reſponce*
ce. Comme eſtant le vray debuoir d'vn *d'vne fem-*
Prince de rendre iuſtice à vn chacun. *au Roy De-*
Ce que ceſte pauure femme (comme *metrius.*
eſcrit Iuſtin) remonſtra prudemment
au Roy Demetrius: lequel luy ayant preſenté ſa requeſte, a fin d'auoir
iuſtice, & que le Roy luy euſt faēt

faict refponce, qu'il n'auoit loifir d'y péfer. Luy repliqua hardiment, pourquoy
doncques vous attribuez vous le nom
& dignité de Roy? Comme voulant dire, que l'vne des principalles caufes de
la creation & erectiõ des Roys: eft pour
rendre & adminiftrer iuftice. Tellement
que cefte iufte replique (cõme efcript
Sabellic) donna à penfer au Roy, & feit
que pour l'aduenir il fuft beaucoup
plus prompt à faire iuftice.

   Nous fçauons bien qu'aucuns

familiarité
engendre
contemne-
ment.

ont doubté, s'il eftoit bon à vn Roy, de
fe rendre familier & accefsible à fes fu-
iects : Et plufieurs ont penfé que non,
craignans que telle familiarité, puiffe
engendrer quelque mefpris ou contemnement. Mais nous croyons certaine-

Erreur ou
malice des
gouuerneurs
des Roys.

ment que cefte opinion ou erreur, a
prins fource & origine des gouuerneurs
des Roys, qui veullent tout gouuerner
& conduire à leur volunté : craignants
bien fouuent que leur mauuais mefnai-
ge foit cogneu du Roy. Et defirent fur
toutes chofes, que le Roy ne voye que
par leurs yeux : & ne puiffe ouyr que par
leurs oreilles : & ne iuge que par leur iu

gement & arbitrage . Contre lequel erreur, nous dirons veritablement que
c'eſt le vray deuoir & office d'vn bon
Roy, d'ouir & receuoir de iour en iour
les requeſtes, plaintes & doleances de
ſon peuple. Et n'y à acte tant digne d'vn
Roy, que de donner audience à ſes ſubiects, & de rendre & diſtribuer iuſtice à
vn chacun . Et n'eſt acte tant Royal, faire
la guerre: comme de rendre & admini
ſtrer iuſtice. Car les tyrans font la guerre, auſſi bien que les Roys: mais ilz ne ſça
uent que c'eſt que de rendre iuſtice. Au
contraire la grandeur des Roys giſt en
la diſtributiõ de la iuſtice. Et pour ceſte
cauſe, dedans le grand Seel de France,
n'eſt empraincte & engrauée la figure
du Roy armé ou triomphant en guerre:
ains cõme ſçeant en ſon Throne Royal, rendant & diſtribuant iuſtice. Com
me à la verité les Roys ſont les iuges ordinaires des hommes, & iuges ſubdele
guez de Dieu. Auſquels naturellement
appartient de faire & rendre iuſtice à vn
chacun : non pas du tout ſen repoſer
ſur autruy. Et ne faut craindre que telle
familiarité, puiſſe engendrer quelque

*Vray deb-
uoir & of-
fice d'vn
bon Roy.*

*Acte royal
d'oyr les
plainctes
& dolean
ces du peu-
ple.*

*Au grand
ſeel de Frã-
ce le Roy em
print ren-
dãt iuſtice.*

*Les Roys Iu
ges ſubdele
guez de
Dieu.*

mefpris ou contemnement . Car au cõtraire telle office de Prince, imprimera au cueur de fes fubiectz, vne vraye amour, reuerence & obeiffance enuers luy: & eft acte d'vn tyrant, & non d'vn vray Roy, de fe monftrer eftrange & inacceffible enuers fes fubiectz.

Le tyran fe rend odieux & inacceffible.

Pour confirmation de ce, ce grand poete Homere, voulant demonftrer la grande & vraye condition & naturel d'vn bon Roy, luy attribue plufieurs noms tantoft il l'appelle Pafteur, comme auffy faict apres luy Platon : pour mõfter qu'il eft le vray Pafteur & gouuerneur de fon peuple & que à l'exemple de Pafteur, il doibt eftre merueilleufement foigneux & dilligent fur fõ peuple nõ pas voir & ouyr par les yeulx & oreilles d'aultruy. Tantoft il l'appelle homme Ciuil: pour monftrer que vng bon Roy doibt eftre quafi comme vng vray cytoyen enuers fes fubiectz, & monfter fa grandeur & fuperiorité par fa prudence & par fa iuftice. Tantoft il appelle le Roy le Doux-pere de fes fubiectz : Comme eftant le vray debuoir & office d'vn bon Roy, de voir fes fub-

Le Roy eft vn vray Paefteur.

Le Roy homme Ciuil.

Le Roy doux pere de fes fubiectz.

iedtz d'vn zele & affedtiõ paternelle ::&
les traidter doulcement, cõme ses propres enfãs. Et de regarder à leur oster
toute occasion de mal contétement :de
ne sen reposer pas du tout sur autruy.
Mais en prédreluy mesme quelque bõ
soin. Et pour ceste cause plusieurs bons
Roys & Princes de Frãce, du mauuais
traidtemét qu'on leur pouuoit faire, a *Les Roys de*
leurs subiedts:ce sont quelques fois de- *guisez pour*
guisez ; pour se mettre parmi le peu- *cõmuniquer*
ple.afin d'aprendre par la bouche d'vn *auec leurs*
chascun les abusqui ce commetoiét en *subiects.*
leur Royaulmes & principaultez, pour
y donner ordre.Et pour mesme effedt,
ce bõ Philosophe Demetrius admone-
stoit Ptolomée Roy d'Egypte,de souuét
lyre les liures,lesquelz ne ressemblent
poinct aux hõmes.Car ilz ne rougissent
poinct,& n'ont iamais hõte de dire ve-
rité. Tellemét que le Roy y peut beau *Le 'Roy doit*
coup des choses apprendre, que les hõ-*souuent lire*
mes n'oseroient luy rapporter. *les liures.*

Des Loix, Coustumes, Meurs & ordõnances.
CHAP. II.

LE second point cõcernãtl'administra
tiõ de la iustice est l'introdudtion &
entretenemét des LOIX,statuz & ordon

nances, mutation & abrogatiõ d'icelles:
qui eſt le vray effect & execution de la
La loy eſt la prudence & authorité des Roys. Car
vraye ame (comme diſoit Demoſtene) la Loy eſt
d'vn Ro- l'Ame d'vn Royaume ou Republique.
aulme. Car tout ainſi que le corps ſans ame, ne
peut auoir vie ou mouuement, auſſi ne
peult vn Royaume ou Republique ſub
ſiſter ſans Loy. Laquelle contient vn
chacun en ſon deuoir & office, & preſ
crit vn certain ordre politique . Sans le
La Loy la quel toutes choſes iroyét en confuſion
Royne de tou & deſordre, & feroit la vie & conuerſa
tes choſes. tion des hommes du tout ſemblable à
celle des beſtes brutes. Pour ceſte raiſon
La Loy préd Pindar apeloit la Loy, la Royne de tous.
origine de Par ce que ſeule elle regne & comman
la diuinité. de aux hõmes, & les contient en ordre
& ſocieté. Ce qui a fait que les anciens
Autheurs (comme Demoſthene, Chriſi
pus & Ciceron) ont attribué ſon origine
Loix eſcrip à la ſeule diuinité: par ce que l'effet en
tes non & trop plus diuin que humain. Et pour
eſſtes. plus auant entrer en ceſte matiere, fait
à noter que en chacun Royaulme ou
Republicque, il y à des Loix eſcriptes &
non eſcriptes. Celles qui ſont eſcriptes

ont proprement appellees Loix. Celles
qui ne font poinct efcriptes nous les ap
pelons Meurs ou Couftumes. Lycurgue
Legiflateur des Lacedemoniés, ne voulut iamais qu'il y euft Loy efcripte en fa
Republicque:par ce qu'il vouloit qne fes
Loix fuffent efcriptes & engrauées aux
cœurs de fes Cytoyens, pluftoft que dedãs des tables. Afin que le filz en fes pre
miers ans les gouftaft & aprint par la
bouche de fon pere, comme chofe diui
ne et inuiolable. Solon au contraire qui
fut Legiflateur en Athenes voulut que
fes Loix fuffent efcrites : tant pour la
memoire et certitude, que pour les ren
dre perpetuelles et incommutables. Les
Romains ont eu des Loix efcrites, et des
meurs et couftumes non redigées par
efcrit, comme auiourd'huy en tous Roy
aulmes fe trouuent Loix efcrites, meurs
et couftumes non efcrites. Les Loix efcri
tes ont procedé (comme encores elles
procedent)de ceulx qui ont eu, ou ont
de prefent quelque puiffance et autho
rité fur le peuple. Comme des Roys, Em
pereurs, Magiftraftz, et aultres ayans
quelque fuperiorité ou domination.

Les Loix doiuẽt eftre efcriptes au cœur des cytoyens.

Les loix doiuent eftre eftre efites pour la memoire & certitude.

Les Loix efcriptes procedent des Roys & des Superieurs.

Les meurs
& conſtu-
mes n'ont
poinct d'Au
theur.

Les meurx & couſtumes n'ont poinct
d'autheur: mais ont eſté ſi longuement
& de ſi longtemps gardees & obſer-
uées eutre les hommes, qu'elle ne recognoiſſent autre origine & commencement que Nature. Nous parlerons
ſeparement des vnes & des autres,
Et premieremenr des Loix eſcriptes.

De l'eſtabliſſement des Loix & ordonnances & cō
ment elles ſe doibuent garder.

CHAP. 12.

La raiſon
de l'eſtabliſ-
ſement des
Loix & or
donnances

Es Loix & ordonnances
ſont eſtablies & introduictes par les Roys pour gouuerner & maintenir leur
peuple en repos & tranquilité, pour
inuiter les bōs de touſiours ſe contenir
en leur debuoir et office. Et en leur pro
poſant honeſtes loyers et recompen-
ces de leurs vertus, pour diuertir &
diſtraire les mauuais de leurs vices
& iniquitez, en leur propoſant grandes & griefues peines. pluſieurs aultres Loix ſont miſes en aduant pour
preſcrire vne ordre certain & poli-
thicque en tous les eſtats de leurs
Royaulmes & Monarchies : leſquelles
Loix ſe doibuent inuiolablement gar.

Loyer pour
la iuſtice
peine pour
vice.

der comme vne chofe facree & diuine, qui ne procede pas tant du ceru.eau des hommes que de l'efprit de Dieu. Mefmes les Roys y doiuent grandement tenir la main. et fe monftrer premiers executeurs & obferuaters d'icelle. Comme eftât l'vn des principaux poinctz concernant la manutention de leur authorité & grandeur. Nous lifons que Zaleucus qui fut grand Legiflateur, aiât eftably plufieurs belles & fainctes loix en fa Republicque, entres autres vne contre les adulteres: par laquelle il auoit ordonné que celuy qui feroit accufé & conuaincu d'adultaire auroit les deux yeux creuez. Apres l'eftabliffemêt aduint que le filz de zaleucus fut trouué en adultere et côuaincu côme premier tranfgreffeur de la Loy: neantmoins les cytoyens tous d'vne voix pour l'hôneur et amitié qu'ils portoiêt à leur Legiflatenr: et pour le defir qu'ils auoiêt de luy gratifier furêt d'aduis que l'on pardonnaft à fon filz, cefte premiere faulte: mais le pere fut d'aduis côtraire & ne voulut iamais permettre que vn tel mefait demouraft impugny

La Loy facree et diuine

La Loy de Zaleucus côtre les adulteres.

La grande & rigoureufe Iuftice de Zaleucus.

vſant enſemblement d'vne ſeuerité de
legiſlateur et d'vne grande bonté et pie
té paternelle, diuiſa la peine entre luy
et ſon filz. Tellement que le pere et le
filz eurent chacun vng oeil creué : voulant par ce moyen ce bon legiſlateur
confirmer et donner force à ſa Loy, par
Remus tué effuſiõ de ſon propre ſang. Autant en eſ
tué & occis crit Valere de Charondas, lequel ſe tua
pour auoir luy meſme : comme tranſgreſſeur de ſa
tranſgreſſé Loy. Nous liſons dauātaige que Remus
la Loy. frere de Romulus premier Roy des Romains fut tué et occis pour auoir tranſ-
greſſe et violé la Loy eſtablye par ſon fre
re. Et meſme de noſtre temps et de freſ-
che memoire les plus grandz Roys de
la Chreſtienté n'ont pas voulu pardon-
ner à leur propre ſang, pour auoir con-
ſenti et preſté l'oreille à des ſeditieux et
perturbateurs du repos publicq. C'eſt
la vraye voye et le vray moien de eſtablir et authoriſer les loyx et ordonnan
ces. Tellement que en matiere de con-
trauention, il fault indiferemment punir et n'eſpargner perſonne de quelque
qualité ou condition qu'il ſoit. Car ſi
celuy qui y contreuient eſt de grande
qualité

d'autant est il plus punissable, tant pour
l'exemple que par ce que contreuenant
à la Loy, il mesprise la grandeur & aucto
rité de son prince, & entreprend sur son
estat & maiesté. Autrement le Roy qui le
gerement pardonne vne contrauentiõ
faicte à son ordonnance, contreuient a
luy mesme, & va contre son propre fait:
& en ce faisant rend sa Loy & son ordonnance, & en conséquence de ce son
authorité & maiesté illusoire & sans au
cun respect.

Le Roy con-
treuenant à
son ordonnã
ce cõtre son
propre fait.

Qu'il est tresnecessaire de garder & maintenir les
Loix anciennes, & qu'il fault fuir & euiter tant
qu'il est possible l'introduction de Loix nouuelles.
Et combien la varieté & multiplicité des Loix
est pernicieuse & dommageable à tous Royaulmes
& Republicques.

CHAP. 13.

Out ainsi que nous auons
desduit au Chapitre prece-
dét, qu'il est tresnecessaire en
tous Royaulmes & Republic
ques, de bien & inuiolablement garder
les Loix & ordonnances, quand elles
sont publiées & establies: aussi fault il

E

que vn bon Roy foit merueilleufement foigneux de n'introduire aulcune Loy

Nulle Loy
nouuelle fãs
grande oc-
cafion.
nouuelle fans grande neceffité & vtilité euidente de fes fubiectz. Car tant s'en fault que la multiplicité des Loix, ayde à bien & deuement gouuerner vng Royaulme : que au contraire elle y engendre vne confufion, vn mefpris & contemnement. Et aduient couftumierement (comme

Multiplicité
de Loix en-
gendre con-
fufion.
difoit Archefilaus) que là ou il y à beaucoup de Loix, c'eft ou toute iniuftice & toute iniquité abonde: tout ainfi que le plus fouuent fe re marquẽt toutes fortes de maladies ou il y à grande affluance de Medecins & de drogues de Medecine. Faict à ce propos que par l'opinion de plufieurs bõs Philofophes la Republicque a efté reputée heureufe : en laquelle il y auoit fort peu de Loix & d'ordonnances. parce que le peu de nombre des

La Republic
que heureu
fe ou il y a
peu de Loix.
Loix, eft vne vraye marque de l'obeiffance, de la bonté & integrité des Cytoyens. Lefquelz auec peu de Loix fe contiennent en amitié & concorde: fans vouloir aulcune chofe glofer ou

innouer, contre la volonté de leur
Prince & Legiſlateur.

Nous liſons és hyſtoires que les anciens qui ont eſté amateurs du bien pu
blic, ont tant abhorré l'introduction
des Loix nouuelles en toute forme de
Republicque, qu'ilz ont eu merueilleu
ſement pour ſuſpeĉtz ceux qui en voul Peine côtre
loient introduire. Il y auoit vne cou- les autheurs
ſtume en vne certaine Republic- de nouuelles
que, que quand quelqu'vn voul- Loix.
oit introduire vne Loy nouuelle : il
falloit au parauant qu'il ſe preſen-
taſt deuant le peuple, ayant la cor-
de au col, & qu'il propoſaſt ſa Loy deuant le peuple. Alors ſi elle eſtoit trouuée bonne & profitable pour le bien
public, elle eſtoit receue & publiée,
ſans toutesfois luy en faire aucune recô
penſe. Si elle eſtoit trouuée pernicieuſe,
elle eſtoit auſſi toſt reiectée & ſon autheur ſuffocqué de ſon cordeau. En la Tiberius
Republicque des Romains Tiberius Grachus oc
Grachus qui eſtoit yſſu des grades famil cis par Sci-
les de Rome fut impunemét occis par pion.
Scipiô, pour auoir voulu introduire vne
Loy nouuelle ce qui nous ſert pour

E ij

monstrer qu'il ne fault pas temeraire-
ment & sans grande raison introduire
nouuelles Loix en vne Republicque ou
Monarchie. Et à esté telle rigueur causé
que ces Republicques ont longuement
regné en paix & trãquilité. A l'exemple
desquelles nous estimõs grandement ap
partenir à la conseruation & manutan-
tion des Royaulmes & Republicques,
de bien & inuiolablement garder les
Loix anciénes qui ont esté introduittes
par noz maieurs & anciens, du temps

Loex politic desquelz les Royaulmes ont esté gardez
ques subiet & maintenuz en paix, prosperité & grã-
tes à muta- deur. Toutesfois il y a és Royaulmes &
tion & Republicques quelques Loix & or-
changemẽt. dõnances Politicques desquelles la cau
se n'est perpetuelle, ains fondée sur la di
uersité des temps, des meurs, ou des con
ditions des personnes. Lesquelles cessant
la cause se peut changer & immuer
pour l'euident profit & vtilité des subiects, conformement à ce que disoit
Sextus Cecilius, dedans Aulu Gele, que
telles Loix polliticques se peuuent commodement changer selon les diuerses
saisons: tout ainsi que la face du Ciel par

la vertu du temps est renduë muable &
variable. Mais toutesfois nous dirons
que telle mutation ne se doibt faire sans
grande cognoissance de cause. Et sinon
pour l'euident profit de tout le peuple.

Que les Loix & ordonnances se doibuent establir
auec l'aduis & conseil des anciens & auec lon-
gue & meure deliberation de Conseil.

CHAP. 14.

ES Loix & ordonnances se
doibuent introduire par vn
bon Roy, auec grande & meure deliberation. Et se doibuent
grandement rechercher les commoditez ou incommoditez d'icelles, par le
conseil & aduis des Sages. Et doit en cela le Roy (comme vn bon tuteur) postposer tout profit particulier au bien commun, repos & vtilité de ses subiectz. A
l'exemple de ce bon Empereur Alexandre Seuere, lequel comme escript
Lampride n'a iamais estably aulcune
Loy ou ordonnance à Rome, sinon auec
le cõseil & aduis de vingt Iurisconsultes,
gens sages & amateurs du bien public,

Le Roy doit
postposer son
bien parti-
culier au bn̄
public.

Prudēce de
l'Empereur
Alexandre
seuere.

E iij

choisis & esleuz par tout son Empire,
& auec cinquante aultres gens de bien,
versez & experimentez aux affaires pu
blicques:apres leur auoir longtemps au
parauant proposé l'affaire dont estoit
question pour en venir prestz & appa-
reillez à luy donner auis & conseil. A
lors il les faisoit tous opiner l'un apres
l'autre,& rediger leurs opinions par escript,s'arrestant à la pluralité des voix.
Cest exemple est beau & memorable,
& digne d'vn Empereur.Comme aussy
est admirable pour c'est effect,la sagesse & prudēce des anciens Roys de Frā

La grande prudēce et sagesse des Roys de France.

ce: lesquelz combien qu'ilz ayent eu
en leur priué conseil, vn Chancellier,
(coustumierement grand & admirable
en sçauoir & experience) & plusieurs
grands personnages.. Toutesfois n'ont
iamais voulu establir Loy ou ordonnan
nance par leur opinion seullemēt:mais
ont tousiours voulu qu'elle passast par
l'aduis de la Court de Parlement de
Paris,àfin d'estre par elle approuuée,
modifiée,ou du tout reiectée , apres a-
uoir remonstré au Roy les commoditez on incommoditez d'icelle. Ce qui

furpaffe la prudence & fageffe de ce
bon Empereur : car il n'y a Loy publiée
en France qui ne foit veue , examinée
& approuuée par deux cens hommes
des plus grands & experimentez de
tout le Royaulme. Qui eft la vraye forme & maniere d'introduire & d'eftablir
les Loix, laiffant à vn chacun l'opinion
libre pour en deliberer : et demeurant
en la perfonne du Roy vne ferme volunté & intention d'enfuiuir ce que par
leur aduis aura efté cõclud & terminé.

*Le Roy doit
enfuiuir l'a
uis des Pre-
fidens &
confeillers.*

Des Meurs & Couftumes anciennes.

CHAP. 15.

Pres auoir traicté des Loix
efcriptes , refte a efcrire
des Meurs & Couftumes.
Et dirons en premier lieu
que Couftume n'eft aul-
tre chofe que vn droict & commun
vfage , inuiolablement gardé & ob-
ferué en vne Region par les habitans
d'icelle par vn fi long tẽps qu'il n'eft me
moire au cõtraire. Laquelle eft merueil
leufemẽt douce & agreable aux hõmes

*Couftumes
agreable
aux hõmes
plus que la
Loy.*

& beaucoup plus que la Loy:parce que comme nous auons dit cy deſſus qu'elle leur ſemble quaſi eſtre naturelle& hereditaire,pour auoir eſté introduitte gardée & obſeruée par leurs anceſtres d'vne franche &libre volunté,& ſans aucune côtrainde.Laquelle ilz penſent auoir prins ſon origine de quelque inſtinct naturel & diuin pour leur profit & bien public.Mais la Loy eſt baillée aux hômes, bien ſouuent contre leur volunté,changée & immuée ſelon la volunté de ceux qui ont ſuperiorité & domination. Et

Les Meurs & Couſtumes anciennes ſouſtiennent l'eſtat d'vn Royaume.

n'y à choſe au monde,commé diſoit ce bon Poete Ennius qui tant retienne les peuples en office: & les Royaulmes & Republicques en leur integrité & ſplendeur,que vne eſtroicte obſeruation des Meurs & Couſtumes anciennes. C'eſt pourquoy les Perſes anciennement pu

Loy des Perſes côre les autheurs de nouuelleté.

niſſoient de peine capitale ceux qui vouloient introduire aucunes nouuelles Meurs & çouſtumes : comme vrais ennemys de leur eſtat. A l'exemple deſquelz Tyberius Grachus pour auoir voulu introduire vne nouuelleté à Rome, fut impunemét tué &occis par Scipion,

comme nous auons dict cy deſſus : au
contraire Galba Empereur de Rome
eſt fort loué par les hiſtoires, pour auoir *Galba ama*
eſté grandemēt amateur & obſeruateur *teur de l'an*
de Meurs & Couſtumes anciennes. He *cienne diſci*
rodote eſcript que le Roy Darius, ne *pline.*
peult iamais impetrer des Grecz & des
Indiens, de changer leurs couſtumes :
aux vns de ne plus méger les corps mors *Les Grecs*
de leurs parens, les autres de ne les plus *& Indiens*
bruſler. Ce qui eſt de long-temps accou *obſerua-*
ſtumé, ſe peult malaiſement changer, ſi *teurs de*
non auec le grand regret d'vn chaſcun. *leurs couſtu*
Tellement que Platon diſoit qu'il n'e- *mes.*
ſtoit pas bon en vne Republic que
d'introduire beaucoup deſträgiers pour
y faire demeure, par ce que la commix- *Il ne fault*
tion de pluſieurs nations aſſemblée, ap- *pas introdui*
porte couſtumierement vne confuſion *re beaucoup*
de Meurs, auec grande mutation de *d'eſträgiers*
d'ancienne diſcipline, & bien ſouuent *en vne Re-*
de l'eſtat Public. Ce que rarement ad- *publicque.*
uient (comme dit Saluſte) ſans grandes
mutations & diſentions publicques, *Lib. 4. de*
deſquelles prouiennent beaucoup de *republ.*
maux, & bien ſouuent vne peruerſion
ou reuolution d'eſtat. Ciceron voyant

l'eſtat de la Republicque Romaine dé-
choir & diminuer, ſe plainct merueilleu
ſemét: de ce qu'alors les Romains auoiét
abandonné & delaiſſé les meurs & cou
ſtumes anciennes qui debuoient eſtre
les vrays pilliers & ſouſtenementz de
leur Repnblicque. Et au lieu des anciés
meurs ſ'eſtoient rendus amateurs de
toute nouuelleté, de toute taxe & de
tout exces. Ce que nous deuons mer-
ueilleuſemét deplorer en noſtre temps,
auquel nous voyons les meurs & Couſtumes de noz anciens, leur preudhommye & integrité tellement peruerties
& renuerſées qu'il ſemble que ne ſoyõs
leurs enfans legitimes: par ce que nous
ne portons poinct leurs vrayes armes &
enſeignes, qui eſtoient vne bonne Foy
& preudhoumye. Pour ceſte cauſe il eſt
beſoin que le Roy, que nous voyons en
pluſieurs actes conduict par l'eſprit de
Dieu, ſe montre doreſnauant amateur
des anciens meurs & diſciplinnes de
France: à fin de reduire l'eſtat du Royu-
me gaſté & peruerti en ſa premiere forme: & reprendre les premiers lynea-
mentz, comme d'vne bonne peincture

Marginalia:

Plainte de Cicero côtre les Romains

L'amenta-tion du téps preſent.

Les hõmes degenerent de la vertu de leurs ma ieurs.

Le roy con-duit par l'eſ prit de Dieu.

Les anciés doibuent e-ſtre appelles aux grãdz eſtaiz & dignites du Royaulme.

à demy effacée . Et pour cest effect faut
choisir gens vieulx & experimentez en
doctrine & preudhomye , qui ont iuſ-
que icy auec honneur & reputation lõg
temps veſcu les vns en l'eſtat eccleſia-
ſtique , pour les appeller aux honneurs
& dignitez eccleſiaſticques, par la bouche & teſmoignage du peuple. Les autres aux affaires publicques concernãs
le faict de la guerre, comme les bons &
anciens Capitaines , qui ont touſiours
liberallemét expoſé leurs vyes & leurs
biens pour la manutention de l'ancien
Eſtat & diſcipline de France : pour les
honorer des grandz honneurs & dignitez du Royaulme, pour loyer & recon-
gnoiſſance de leur vertu & integrité,
Les autres en la diſtributiõ de la Iuſtice,
qui ſe ſont modeſtemét & honneſtemét
cõtenus en la diſtributiõ d'icelle, ſãs aucune choſe immuer ou innouer. Et ence
faiſant noº verrõs les anciens meurs &
diſcipline de Frãce renouueler en nous,
& le Royaulme de plus en plº augméter
en tous biés, en tout heur & proſperité.
*De la Creation & erection des magiſtrats, premie-
rement des Conſeillers du priué Conſeil du Roy.*
C H A P. 16.

Ous auons aſſez amplement
parlé de la Iuſtice, de l'eſtabliſſement des loix & ordonnances, & des meurs & couſtumes anciennes. Reſte a traicter du
poinct principal, concernant la diſtribution d'icelle, qui eſt des perſonnes,
des magiſtrats & miniſtres qui ſont appelez aux charges publicques, tant pour
la police & conduicte du Royaume,
pour maintenir en paix & vnion les
cytoyens & ſubiects, que pour les garder & defendre contre l'ennemy eſtran
ger, & oultre pour ſainctement & ſans
faueur vuyder & terminer les differens
du peuple, qui ſont les vrais & ſin-
guliers effects de la Iuſtice : en tous leſquels magiſtrats, les anciens qui ont
escript du gouuernement des Royaulmes & Republicques, ont requis vne
grande prudence & integrité, comme
nous dirons cy apres. Et premieremét
nous parlerons des Aſſeſſeurs du Prince
& conſeillers de ſon priué Conſeil, qui
ſont commis & eſtablis pour donner
Conſeil & aduis au Roy, tant ſur les re
queſtes, plainctes & doleances de ſon

*Les vrais
effects de la
iuſtice.*

peuple : que sur les priuez & secrets af
faires concernants le gouuernement &
conduicte de son estat, qui ne se peuuēt
commodement & sans danger commu
niquer a plusieurs personnes, lesquelz
se doibuent curieusement choisir & *Quelles per*
eslire entre les hommes sages, versez *sonnes doib-*
& rompuz aux affaires du Royaulme, *uēt estre ap*
& desquels la fidelité est de long temps *pellées au cō*
congneue & experimentée. Et premie- *seil des*
rement auāt que de les appeller en vne *Roys.*
telle charge, il fault auoir vne grande
et longue experience de leur prudence
et sagesse. Car il est escript en Thubie *il fault prē*
qu'il fault prendre aduis et conseil des *dre conseil*
Sages, Et ailleurs il est dict qu'en la per *des sages.*
sonne du Sage la science abō dera com
me l'eau en la fontaine. Et est beaucoup
plus expedient (comme disoit Marius)
pour le bien publicq d'vn Royaulme, *Il vault*
d'auoir vn mauuais Prince garny degés *mieux auoir*
sages pour son Cōseil et conduicte, que *vn mauuais*
d'auoir vn bon Prince garny de gens *prince que*
peruers ignorans et stupides, pour la *vn mau-*
conduicte de son estat, parce que vn *uais cōseil.*
mauuais Prince se peut facilemēt redui
re par les iustes remonstrances de son

Conseil. Mais mauuais asseseurs & Cõseillers fort difficilement se peuuent reduire par le conseil d'vn seul. D'auantage tout ainsi que le Prince est merueilleusement curieux de trouuer Medecins doctes & experimentez en l'art de Medecine, pour mediciner son corps: à plus grãde raison il doit estre curieux de recouurer gens sages, pour l'instruction & cõduite de son esprit. Et pour ceste raison(comme disoit ce bon Roy Salomõ)il en faut choisir vn entre deux mille d'auãtaige il faut eslire gens vieux & anciens parce que coustumierement és vieilles personnes se trouuent la sagesse & experience, le iugement plus certain & plus asseuré, la conscience meilleure & plus entiere, l'ambition & conuoitise des biens beaucoup moindre qu'aux ieunes:ioint que auant que de les appeller en vn tel degré, il fault diligemment regarder comment & en quelle reputation ilz ont vescu & se sont maintenuz en leurs premiers ans, & en leurs premieres charges.Et s'ilz ont esté plus curieux d'honneur & bonne renommée, que d'augmétation

Fault choisir vn Conseiller du priué cõseil entre deux mille,

Les vieilles personnes recommandables.

& accroiffemét de feurs biens & richef
fes. et fault toufiours preferer la bonté
& preud'hommie à la doctrine & fcien
ce des lettres: laquelle eftant en l'homme vitieux & de mauuaife confcience,
eft vn vray inftrumét de mal & d'iniqui
té. Mais quand elle eft accompagnée
de vertu, c'eft vne chofe excellente &
admirable. Il fault doncques choifir
géns vieux & experimentez, qui ayent
continuellement verfé aux affaires pu-
bliecques, auec honneur & reputation:
& attaint l'aage de foixáte ans, lefquels
font toufiours preferables aux ieunes.
Car fi nous voulons prendre tefmoigna
ge des hiftoires anciennes, nous trouue
rons que les Royaulmes & autres formes de Republicque ont efté gardées
& maintenues par le cófeil & authorité
des vieulx & anciens: au contraire peruerties & ruinees par l'audace & téme-
rité des ieunes. C'eft ce que dit Cicero
en fon liure de la Vieilleffe que les repu
blicques plufieurs fois gaftées & endó-
magées par les ieunes, ont efté foufte-
nues & remifes en leur entier par le
confeil & conduicte des vieux: comme

La fcience
des lettres
en l'homme
vitieux eft
inftrument
de mal.

Les Royaul
mes & Re-
publicques
gardez &
augmentez
par les
vieux: ga-
ftez & per
uertis par
les ieunes.

auſſy le teſmoigne du bon poete ennius, quand il dit que l'eſtat de Rome eſt ſouſtenu & maintenu par le conſeil des vieux, & par les Meurs & Couſtumes anciennes. Auſsi l'hiſtoire eſt vulgaire que le Roy Roboam perdit ſon Royaulme, pour auoir adiouſté foy aux ieunes. Et pour auoir meſpriſé le Conſeil des vieux & anciens. Au contraire Aſſuerus rendit pluſieurs prouinces & iſles tributaires à luy, pour ſ'eſtre conduit par le conſeil des vieux et des ſages. Et à ce propos dit Ciceron, que les grandes choſes ſe menent et conduiſent par le Conſeil des vieux et anciens. Et au contraire il eſt eſcript qu'il ne ſe fault appuyer ſur l'opinion des ieunes et inexperimentez, leſquelz meſurent toutes choſes ſelon leurs deſirs et concupiſcenſes. Nous ne voulons pas toutesfois du tout inferer que les ieunes ne puiſſent quelques fois aſsiſter au priué Coſeil des Roys, non pas tant pour oppiner et donner aduis, (ce que leur aage et le peu d'experience qu'ilz ont, ne peuuent encores permettre) que pour voir et apprendre comme les affaires ſe manient & conduiſent. Ce

qui

Roboam perdit ſon Royaulme par le Conſeil des ieunes & pour auoir meſpriſe le conſeil des vieulx.

Les grādes choſes ſe conduiſent par le cõſeil des Anciēs.

Les ieunes peuuent aſſiſter au conſeil des Roys pour apprendre.

qui leur peult seruir de grande instruction & auancement, puis apres ayants
attaincts plusgrand aage, s'entremectre
au maniement des affaires. Mais toutes
fois nous conclurons, qu'il est tresnecessaire qu'vn bõ roy soit accompagné de
vieux Princes, & anciens Capitaines,
lesquelz depuis long-temps ont esté con
ducteurs des armées, & gouuerneurs des
pays soubz l'authorité du Roy, auec hon
neur & contentement de sa maiesté, &
de tous ses subiectz, et de vieux & anciens Assesseurs & Conseillers de long
temps experimentez & rompuz aux affaires, & qui ont de leur ieunesse plustost
estudié à la conseruation du bien public que à leur bien & profit particulier,
desquelz vn bon Roy ne peult rapporter Conseil qui ne soit pour le bien & v-
tilité de son Royaulme, & pour la ma-
nutétion de son authorité & grandeur.
Specialement quand il est question d'af
faire de grande consequence, comme
concernans l'estat du royaulme, la paix
ou la guerre, ou quelque entreprise cõtre l'ennemy estrágier ou domesticque:
lesquelz par le conseil d'Aristote ne se

*Le Roy doibt
estre accom
pagné de
vieux Capi
taines &
anciens Cõ-
seillers.*

*Le cõseil des
vieux profi
table au
Roy.*

F

doibuët communicquer à plusieurs personnes. Ains seullement à ceux desquels
la fidelité est de long temps cogneue
& experimentée.

De la creation & auctorité des Cours souue-
raines.

CHAP. 17.

POur plus veritablement traicter comme il fault que vn
bon Roy procede à l'election
& creation des Presidens &
Conseillers és Cours Souueraines de
son ROYAVLME: il fault en premier lieu
cognoistre pour quelles raisós les Cours
Souueraines ont esté crées & introduictes. En quoy faict à notter que l'vne
des premieres& plus renommées Cours
Souueraines, dont soit faicte mention
par les Histoires, a esté la Court des
Areopagites, qui fut establie par Solon en la ville d'Athenes, lesquelz co-
gnoissoient specialement des causes cri-
minelles, & estoit leur charge principalle de chasser & exterminer hors
de leur ville tout vice & iniquité. Et

La premiere
& plus re-
nómée court
Souueraine.

La charge
des Aropagi-
tes d'exter-
miner tout
vice & nou-
rir la vertu
en leur ville

prendre le peuple studieux & amateur
de toute vertu & iustice & d'inuiter
les Citoiens, à rendre tout seruice &
obeïssance à leur Republicque en leur
proposant honnestes loyers & recom-
penses. Et de griefuement punir ceux
qui vouldroient quelque chose entrepre
dre contre l'estat de leur ville: & oultre
le commun repos & tranquilité. Et pour
cest effect feirent choisir des hommes
excellens en toute vertu & preud'hom
mye & merueilleusement expers au ma
niement des affaires. Et quand aulcun
d'eulx decedoit, le nom de celluy qui e-
stoit appellé en son lieu estoit proclamé
par toute la ville, a fin que si quelcū des
citoiés, auoit cogneu quelque faute pro
cedente ou de faueur ou de iniustice
ou autre note qui le peust rendre indigne ou suspect, il eust à le venir reueler, tellement qu'il n'estoit iamais admis
en ceste compaignie sinon apres a-
uoir esté confirmé & approuué par la
commune voix des Citoiens. Semblable
mēt Xenophon recitāt les meurs & cou
stumes des Perses dict, que ceux qui a-
uoient passé leur ieunesse sans aulcune

*Hōmes ex-
cellēs eleuz
en la court
des Areopa
gites.*

*Forme de
proceder à
l'election
d'vn Con-
seiller en la
Court des A
reopagites.*

*Election des
anciens au
Royaulme
des Perses.*

F ij

note ou reprehenſion,& auec gloire &
honneur eſtoient appellez au rang & de
gré des anciens:les aultres exclus & re-
iectez. Ceſte couſtume eſtoit grandemét louable & profitable:tant afin qu'il
n'entraſt homme en compagnie tant
ſaincte & inuiolable ſans grande appro
bation de ſa perſonne : que par ce que
elle rendoit les Citoiens merueilleuſement ſtudieux & amateurs de bonté &
de vertu, et les retiroit de tout vice &
iniquité. Car par la vertu la porte leur
eſtoit ouuerte à tous honneurs & dignitez,& eſtoient à iamais honorez & reuerez des grands & des petits. Au contraire par le vice ilz n'eſtoient ſeullement exclus des dignitez & honneurs
de leur Republicque:mais auſſy ilz eſ-
Romulus eſ- toient à iamais notez & vilipendez d'vn
tablit cent chacun,et perdoient leur bon nom en-
Senateurs à uers les Citoiens. A l'exemple des A-
Rome. reopagites,Romulus premier Roy des
Romains eſtablit cent Senateurs à Rome,tant pour luy donner conſeil et aduis pour la conduitte de ſon Royaulme,
que pour bien & deuement adminiſtrer
iuſtice a ſes ſubiectz, & furent eſleus

gens vieux et anciens et experimentez
és affaires publicques, defquelz le ROY
ponuoit attendre tout bon confeil pour
la conduite de fon Royaulme,& fes fub
iects toute raifon et equité en la diftribution de la iuftice. Lefquelz depuis furent appellez Peres,tant à raifon de leur
aage, parce qu'ilz eftoient tous vieux
& fexagenaires,que pour raifon de leur
grād foing:parce qu'ilz n'auoient moindre foing du bien & profperité du repos
& tranquilité du peuple, que les peres
ont naturellement du bien & auancement de leurs enffans. A l'imitation de
ceux là les Roys de France ont eftably
vne court de parlement en leur ville de
Paris,tant pour la diftribution de la iuftice pour laquelle elle eft fouueraine,
comme reprefentāt par deffus tous aultres fieges l'authorité & maiefté du ROY,
que pour donner aduis & confeil tant
fur l'eftabliffement des LOIX et ordon-
nāces,que fur les principaux & vrgens
affaires concernans la conduicte de leur
Royaulme.Laquelle tout ainfi qu'elle a
efté eftablie à l'exemple des aultres:auf-
fy les Prefidens & Confeillers d'icelle fe

*Les Séna-
teurs Ro-
mains ap-
pellés peres.*

*La court de
Parlement
de Paris.*

doibuent choifir & eflire auec grande cognoiffance de caufe entre les plus excelents & plus renommez en doctrine, experience & preud'hommie de tout le Royaulme, comme nous dirons au chapitre fubfequent.

pour quelles caufes les cours Souueraines ont esté introduictes.

De l'election & nomination des Prefidens & Confeillers és Cours Souueraines.

CHAP. 18.

Les Senateurs Romains grãdement reuerez par les Empereurs cõme mẽbres de leurs propres corps.

Par ce que deffus à efté deduit apert que les Cours Souueraines font introduites pour le confeil des Roys & Empereurs: & pour la diftributiõ de la iuftice, qui font deux grandes & graues caufes & neceffaires pour la conferuatiõ & manutention de l'eftat public. Et qui monftrent d'elle mefmes combien ilz font à honorer & reuerer. Les Empereurs Romains qui ont tenu les premiers

Les Arreſtz fe donnent en la court de Parlemẽt foubz le nõ du Roy cõme chef de la Iuftice.

rengs par deffus les aultres Monarques de la terre, les ont tellement refpectez & honorez qui les ont appellez & recogneus membres de leurs propres corps. Comme reprefentans en grande partie leur auctorité & maiefté. Es Cours Sou-

ueraines de France les Arrests se donnent souz le nom & auctorité du Roy:
Comme estant le vray chef de sa iustice:
Et ses Presidens & Conseillers les mem
bres. Et en ceste qualité les anciens Senateurs Romains ont esté fort respectez
& honorez mesmes par les Empereurs.
Auguste Cesar combien que hors le Senat il ne saluast personne: neantmoings
quand il entroit au Senat ayāt telle com *Auguste*
pagnie en admiration, il saluoit vn cha- *Cesar a eu*
cun humainement & reuerément. l'Em *en honneur*
pereur Antonin surnommé le pitoyable *le Senat Ro*
à souuentesfois declaré qu'il vouloit *main.*
aultāt deferer & porter d'honneur au Se
nat cōme il vouloit estre luy mesmes ser
uy & recogneu par les persōnes priuées.
Et Iulius Capitolianus loue fort Marc
Antoine Empereur surnōmé le Philoso- *Le Senat*
phe, pour auoir tousiours porté grand *Romain*
honneur & reueráce au Senat Romain. *crainct &*

Ce que ces bons Empereurs n'ont *redouté par*
faict sans grande raison par ce que *toutes les na*
ceste compagnie estoit craincte re- *tiōs estran-*
uerée & honorée par toutes les na- *geres cōme*
tions estrangieres, comme le vray pillier *vray pillier*
& conduicte de tout l'empire Romain, *de l'ēpire.*

F iiii

refmoing en à efté ce grãd Ambaffadeur du ROY Pyrrhus nommé Cyneas, lequel à fon retour de ROME interrogé par le Roy Pyrrhus fon maiftre que c'eftoit que fe Senat Romain duquel on faifoit fi grand cas par tout le monde, feift refponce que c'eftoit vne vraye affemblée de Roys & de Monarques : parce qu'il n'y auoit celuy d'entre eux qui ne reffentift pluftoft la grauité & maiefté d'vn bõ ROY, que d'vn fimple Senateur. A l'exemple duquel il fault appeller aux Cours Souueraines gens notables de grande doctrine & erudition de longue experiéce et grandeur verfez aux affaires publiques, etqu'ils foiét dignes & capables de reprefenter vne authorité & maiefté Royalle, et de garder & maintenir par leur bõ confeil vn Royaulme en foninte grité & fplendeur. Il fault doncques en premier lieu eflire & appeller à telle charge gens vieux & fexagenaires, & les fault toufiours preferer aux ieunes, tãt par ce que la prefumption & preuue de preu d'hommie eft trop plus clere et euidente en la perfonne de l'homme vieil qui à long temps vefcu en ce mon

Le Senat Romain vne vraye affemblée de Roys.

Quelles perfones il faut eflire pour Confeillers aux cours Souueraines.

Gens vieux & fexagenaires doibuent eftre preferez aux ieunes.

de auec gloire et honneur, que non pas
en la perfonne du ieune qui ne peult en
cores affes eftre cogneu et experimenté. *Gens vieux*
D'auantage le vieil eft trop plus honora *honorables*
ble et recommandable, tant pour l'hon *&* recom
nefteté, grauité et maintié de fa perſone, *mādables.*
que pour la cognoiffance des lettres ac
compagnées d'vne longue experience
aux affaires publicques. Tiercement il
eft prefumé de droict plus meurement *Vieilles gēs*
et auec plufgrāde patience examiner le *remplis de*
faict d'vne caufe, que le ieune qui eft de *science &*
fon naturel hatif et impatiét.Et à ce pro *de fageffe.*
pos il eft eſcrit quele iugemét des vieux
eft merueilleufemét beau et affeuré, par
ce qu'il font rēplis de ſciēceet de fageffe,
et que leur vraye couronne eft abondā
ce de fageffe, et leurvraye gloire eft l'a-
mour et craincte de Dieu. Au contraire *il ne fault*
quel cōſeil ou ayde pourra vn bon Roy *prendre cō*
eſperer des ieunes gés ignorans et inex- *ſeil des igno*
perimentez aux affaires: Il eft eſcrit qu'il *rans ou ſtu-*
ne fault point prendre auis ou conſeil *pides.*
des ignorans et ſtupides. D'auantage les
vieux et anciens font couftumierement
beaucoup plus eſloignes de toute ambition et conuoitiſe d'honneur et trop

plus incorruptibles, ayant defia vn pied
fur leur foffe, que non pas les ieunes qui
font ordinairement fuperbes & cupides
d'hôneur & d'ambition. Secondement il
fault fincerement proceder à l'electiõ &
nominatiõ de telz Magiftratz, par la voix
cômune des Prefidés & Confeillers des
cours Souueraines, & exterminer toute
ambition ou auarice. Car l'ambition (cô
me efcript Salufte) à contrainct plufieurs
perfonnes d'eftre faux en cœur, de dire
d'vn & péfer d'autre, & continuer l'ami
tié ou inimitié des hommes felon le pro
fit & dommage qui en pouuoit furuenir
& de telles perfonnes qui font auiour-
d'huy en trop grand nôbre, iamais Royaulme ou Republicque ne fera bien fer-
uie n'y honorée. Et pour cefte caufe il

Le malleur
prouient de
l'ambition.
eft neceffaire que pour l'auenir vn bon
Roy reiecte & declaire ceux incapables
de telz honneurs & dignitez qui les de-
manderont & pourchafferont par brigues, par argent ou par violentes prieres
qui font les voyes oblicques prohibées
& defendues par tout droit diuin & hu
main. Et fault croire à la verité que ceux
qui les pourchaffent par telles voyes

se defient de leur vertu & preud'hommie , & ne pensent pas y pouuoir par-
uenir par la bonne voye introduicte
par les loix & ordonnances. Il fault
doncques les appeler en ces estats,
pour vne recompense honneste pour
leur vertu & preud'hommie. Et en
ce faisant vn bon Roy rendra ses subiectz studieux & amateurs de toutes
œuures de vertu , & les retirera de
toute ambition comme nous dirons *il faul ex-*
plus amplement cy apres. *terminer
toute aua
rice.*

D'auantage il est besoing en l'establissement de telz Magistrats de mettre hors toute auarice. Car tout ainsi
que iustice ne doibt estre vendue, aussi
ne doibt le Magistrat estre crée & eri. *Admini*
gé par argent , aussi qu'il est de tout *strer la Re*
droict deffendu. Ciceron dict que ad *publicque*
ministrer la Republicque par argent *par argēt*
n'est seullement chose d'eshonneste: *est chose me*
mais aussy meschante & detestable. *chante &
detestable.*

Et pour ceste cause il fault conferer telles dignitez à ceux qui les meritent , & qui y doibuent estre appellez par les Loix , & Ordonnances, il nous fault donc auoir esgard à

la feule vertu et non a la nobleffe, ou ri
cheffe:nobleffe fans bónes meurs engé
dre orgueil et temerité richeffe fans ver
tu, infolence et toute inepté. Et fault
choifir telz Magiftrats entre les bons iu
ges du pais et les docteurs qui font pro

Nobleffe fás feffion des Loix qui fe font fainctement
bónes meurs maintenus et gardez en leurs premieres
engendre or charges.Et par ce vn bon Roy inuitera
gueil & te fes officiers et Senateurs a bien et iufte
merité. ment iuger et adminiftrer iuftice à fes
subiectz,& à ne fe laiffer corrumpre par
argét,par brigues,ou par menées ,et les
verra fortir de l'exercice de leurs eftats

Richeffe & auec hóneur et reputation,et non auec
opulence à richeffes et opulence , qui font à l'en
l'édroit des droict d'vn iuge les vrayes marques de
iuges vrays rapine et d'iniuftice.
marques de
rapene &
d'iniuftice. *De la creation & erection des Iuges ordinaires*
en chafcune ville du Royaume ,tác pour la diftri-
bution de la Iuftice que pour la police & gou-
uernement d'iceluy.

C H A P. 1 9.

Ous auons aſſez amplement
parlé de la creation & electiõ
des iuges ſuperieurs, auſquels
appartient la ſouuerainneté
& ſuperiorité en la diſtribution de la iu
ſtice, ſoubz le nom & auctorité du Roy.
Reſte à traicter de la nomination & election des Iuges inferieurs, qui ſont les
Iuges ordinaires & naturelz en chacune ville, tant pour rendre iuſtice à leurs
Citoiens que pour la police & condui-
ote de leur ville En l'election & creatiõ
deſquelz les anciens Romains ont vſé
d'vn grand ſoing & prouidence : tant
pour oſter l'ambition & toute occaſion
d'enuie entre les Citoiens, & pout obuier à toute auarice & corruption, que
pour touſiours ſnourrir les Citoiens en
la foy & obeiſſance qu'ilz auoient iurée aux Romains. Et premierement
n'ont voulu permettre que aulcun des
Citoiens ſuſt eleu iuge & Magiſtrat
en la ville dont il eſtoit bourgeois & na
tif, afin d'oſter toutes ſuſpitions de faueurs, haynes & ſimulez qui ſont ordinairement entre les Citoiens : ains ont
touſiours eſtably gens ſages & experi-

Le grand
ſoing des
Romains en
lelectiõ des
iuges des
Prouinces.

métez qu'ils eſliſét en la villede Rome, couſtumieremét qui eſtoiét du tout in cogneus aux citoiés, afin qu'ils euſſent eſgard au droiĉt, & nō aux perſónes des citoiens qui leur eſtoit ſemblablement incogneue, en leur faiſant & rendant iu ſtice. Secondement ils n'ont voulu que les Iuges ou Magiſtrats fuſſent perpe- tuels, ains eſtoient eſtablis pour certain temps, afin que ſucceſſiuement ilz em ployaſſent le brief temps qui leur eſtoit ordonné à bien & deuement admini- ſtrer iuſtice , & acquerir enuers leurs citoiens vn reſmoignage de vertu & de preud'hommye, qui eſtoit leur vray loyer & recompenſe, par le moyen du- quel ils eſtoyent a iamais honorez & appellez aux grandes charges de leur republicque, ce qui eſtoit cauſe d'inui- ter les Romains a s'adonner à toutes choſes bonnes & vertueuſes. Car par là, la porte leur eſtoit ouuerte à tous honneurs & charges publicques, & leur nom rendu perpetuel & immortel, qui eſtoit le principal but & recompen- ſe de ceux qui eſtoyent amateurs de

Fault auoir eſgard au droit & non aux perſonnes.

Les iuges des prouinces n'eſtoiét perpetuels ains ſeulement annuels.

Par la ver- tu la porte eſtoit ouuer te à tou- tes dignites publicques.

vertu & du bien public. D'auanta-
tage il leur eſtoit deffendu de negotier
ou contracter auec leurs citoiens, affin
que leur induſtrie qui eſtoit dediee au
ſeruice public, ne fuſt employé à choſes
queſteuſes & deshonneſtes pour vn prof
fict particulier.

Defendu aux iuges des prouin-ces de côtra cter auec les Citoiens.

Comme dict Ciceron en ſon orai-
ſon pro Flacco , et pour laiſſer toutes
trafficques & negotiations libres entre les Citoiens , que pour le reſpect
de leur puiſſance & auctorité ilz ne
peuſſent adſtraindre leurs Citoiens à
faire des pactions , & conuentions
pour leur profit & aduantage. Comme le meſme Ciceron eſcript en aultre lieu, dont appert la grande diligence des Romains à l'endroit des iuges des prouinces , deſquelz ilz ont
voulu ſingulierement deſraciner toute faueur en la diſtribution de la iuſtice , & toute occaſion de pouuoir
procurer leur profit particulier, à fin
de garder & maintenir leur eſtat par
vne iuſte domination & diſtribution
de iuſtice enuers leurs ſubiectz. Et

Couſtumé des Ro-mains fort louable deſi re des Magi ſtrats an-nuelz.

croyons certainement que ceste coustu
me des Romains deslire des Magistrats
annuels par chacune prouince pour ren
dre & administrer iustice, estoit saincte
& louable, & seroit fort profitable en ce
temps auquel regnent tāt de longueurs
& de faueurs en la distribution de la iu
stice. Pourueu qu'elle fust bien pratic-
quée & hors de toute ambition et auarice, on verroit la iustice plus entiere et
les iuges trop plus studieux & amateurs
de vertu & de iustice que non pas de richesse & d'opulance, & n'emploiroient
les iuges pour leur priué, ce qu'ilz doibuent au bien public. Les anciens en tels
Magistrats ont desiré plusieurs vertus
singulieres. Premierement qu'ilz fussent
amateurs de vertu, soigneux & diligens
pour bien rechercher ce qui estoit bon
& profitable pour le bien public. Et des-
raciner ce qui estoit contraire & dommageable. D'auantage ilz ont requis
qu'ilz fussent amateurs & obseruateurs
des meurs & coustumes anciennes, et
mortelz ennemis de toute nouuelleté
comme de chose meueilleusement per
nicieuse et dommageable pour le bien
public.

Les iuges ne doibuet em ploier pour leur profit particulier ce qu'ilz douent au publc.

Les iuges doiuet estre amateurs de vertu et de iustice.

public. Tiercement que à l'exemple du
tuteur, ilz referent toutes leurs actions
au bien public, & qu'ilz n'ayent souue-
nance de leur particulier à l'exemple des
iuges de Thebe, lesquelz estoient de-
peinctz au lieu ou en rendoit iustice sans
mains, & le Prince sans yeulx: pour mon
strer que en la distribution de la iustice,
il fault oster toute faueur & oublier tout
profit particulier.

Iuges sem-
blables au
tuteur doib
uent referer
toutes leurs
actiõs au biẽ
Public.

Quelz inconueniens auiennent de la vendition
des estats de iudicature, en un Royaulme, ou
Republicque.

CHAP. 20.

ET pour aysement cognoistre
quel profit il auient en un
Royaulme ou Republicque,
par la nominatiõ & election
des iuges & Magistratz faicte selon les
Loix & ordonnances. Nous traicterons
en premier lieu des malheurs & incommoditez qui prouiennent du contraire.
Et dirons en premier lieu que la venditiõ des estats, apporte auec elle au cueur
des subiectz une auarice insatiable. Tellement que toutes leurs oeuures &

La venditiõ
des estats
vraye raci-
ne d'auari-
ce.

G

actions ne tendent à aultre, fin que a amaffer des biens & des richeffes, par le moyen defquelles ilz font brefche & ouuerture à tous honneurs & offices.

La venditiō des eftats di uertit les hō mes de l'e- ftude de vertu & de fapience.

Et par ce moyen diuertiffent entiere-ment leurs efprits de l'eftude de fcience & de toute vertu, qui eft vn vray com-mencement de la ruyne & fubuerfion de la police publicque. Salufte deplo-rant l'eftat de la Republicque Romaine, ia de fon temps à demy gafté & peruer-ty, et qui approchoit de fa ruyne & re-uolution, rend tefmoignage, que toft a-

Dict excel-lent de Salu fte.

pres que les richeffes ont efté en hōneur & reputation entre les Romains, & la pauureté en mefpris & defdaing. Les gens de bien & vertueux, ont efté mal voulus mefprifes & vilipendez, enfem-ble toute vertu & preud'hommye. Et quand aux riches, les vns ont efté fort fuperbes & orgueilleux adonnans leur

Les mœurs des romains deprauez peu aupara uant la re-uolution de leur eftat.

efprits à toute luxure exces & profufiō les aultres ont efté efprits & poffedez d'vne extreme ambion & auarice, & ont par deffus toutes chofes afpiré à tous honneurs & dignitez du monde, & a remplir leurs maifons de richef-

les par toutes voies licites ou illicites,
& leur deffailloit aultant ce qu'ils aduoient que ce qu'ils n'aduoient poinct,
tellement que les vns eftudient a toutes
fortes de rapine, les aultres dependoiēt
& confummoient leur bien fans aulcune raifon ou mefure, les aultres ne te-
noient compte de ce qu'ils auoient, &
brufloient apres le bien d'aultruy, me-
fprifoient & vilipendoient les loix diuines & humaines, tellement qu'ils n'a-
uoient aulcun fring pour les contenir *La grãdeur*
en quelque debuoir & office. Sembla- *de la Repu-*
blement dedãs le mefme autheur Quin *blicque de*
tus Metellus Numidicus fe plainct & *Rome eft*
dict que la Republicque de Rome n'a- *preuue de*
uoit prins fa grandeur & accroiffement *la vertu &*
par les armes: Mais par la difcipline do- *industrie*
mefticque, par la iufte domination des *des Romains*
Romains enuers les eftrangiers, & par *pluftoft que*
le bon confeil & induftrie des citoiens. *des hõmes*
Mais deflors il fe plainct que on auoit
efloge & chaffé hors de leur ville, la
vertu & difcipline ancienne, & que
en fon lieu on auoit receu toute ambition & auarice. D'autant que la
vertu y eftoit du tout entierement

mespriſée & vilipendée. Et pour dire vray, nous croyons que les remonſtrances ne pourroient eſtre tant propres & veritables en leur temps, comme elles *Deploratiõ* pourroient eſtre aux noſtre. Car nous *de l'ambitiõ* voyons tellement ambition & auarice *& auarice* regner, que occulerement on voit violer *des hõmes* tous droicts diuins & humains, à l'occa- *de ce temps.* ſion des biens & des richeſſes, honneurs & dignitez de la terre, & la vertu entiere ment mespriſée & contemnée. Et tout ainſi que ces bons Cytoiens Romains preuoyoient à l'oeil par telz accidens la briefue ruine & reuolution de leur Re-publicque, cõme de faict elle auint bien toſt apres auec grands meurtres, fuites, & guerres ciuiles inhumaines, & plus que barbares, auec mutatiõ de leureſtat: auſſi à la verité ne pouuons nous autre choſ attendre en tous Royaulmes & Repu-blicques ainſi gaſtées & peruerties, ſinõ vne briefue ruyne & reuolution de tou tes choſes. Et de faict en ceſtuy noſtr Royaulme nous voyons pluſie urs guer res ciuiles & inteſtines par le moye deſquelles les pauures ſubiectz, on receu & recogneu de iour en iour tan de miſeres & de calamitez, que cent fois le iour ilz ſouhaittent pluſtoſt la mort que la vie, leſquelles miſeres & calamitez ſont les vrays fleaux de Dieu pour auertir les roys, & les ſubieõtz en general & particulier.

Premierement de recognoiſtre & prier Dieu, Secondement auec tout ſoin & diligence de reduire en chacun eſtat ce qui eſt de long temps gaſté & peruerty: afin que pour l'auenir Dieu y ſoit loué & glorifié, et la vertu en prix & en hôneur. Et pour reprédre noſtre premier propos la védition des eſtats eſt cauſe que bien ſouuét ceux paruiennét aux eſtatz & dignitez qui en ſontt entierement indignes & incapables, & qui ne ſcauét que c'eſt que de rédre & adminiſtrer iuſtice, dont ſont auenus infinis inconueniens.

Car en premier lieu les vieux & anciens qui pouuoient auec leur auõtorité main tenir les loix & meurs anciennes, qui ſont les vrais pilliers des Royaulmes & Republicques: leſquelz comme nous auons dit cy deſſus, ſont preferables aux ieunes en ont eſté du tout reculez, tant par ce qu'ilz ne vouloyent em-

ployer pour l'achapt d'vn estat, le peu
de bien qu'ils auoient receu de leurs
peres, ou ce qu'ils pouuoyent auoir
par vn long temps acquis auec leur la-
beur & industrie, ains aimoyent trop
myeux le delaisser à leur petitte famille, que par ce qu'ilz ne vouloient con
tre leurs consciences achepter ce qui
ne debuoit & ne pouuoit estre ven-
du par tout droict diuin & humain,
comme le iurement solemnel le demon
stre, que chacun officier est tenu faire
es cours souueraines de France, lequel
iurement ainsi baillé en la face de Iustice, contre verité, est vn mauuais com-
mencement, pour en apres bié et deuement administrer Iustice. Et par ce moyen les ieunes et d'aage, et de meurs, et
de conditions, ont esté establis et admis
aux estas et dignites publicques, lesquels
au lieu d'entretenir les meurs et coustu
mes anciennes qu'ils ignoroient. Au cō-
traire ainsi qu'ils estoient ieunes, aussy
ont il adonné leurs esprits à toutes choses nouuelles, tellemét que ou trouuera
par experience que tous ceux qui se sōt

*Le iuremēt
des officiers
qu'ils n'ont
baillé argēt
pour la pro-
uision de
leurs estats.*

*Les ieunes
admis par
argēt aux
estats qui ne
sçauent que
c'est que de
faire iustice*

*Les ieunes
& incapa-
bles admis
aux estats
du Royaul-
me. Les pre-
miers au-
theurs des
scismes &
diuisions.*

deuoyes de l'eglise de Dieu, et de l'o-
beissance de leur Roy, ont esté ceux
qui ont esté appellez trop ieunes aux
grandes charges et dignitez publicques, concernants tant le ministere
de Dieu & de son Eglise, que le faict
des armes & distribution de la iustice.
D'auantage la vendition des estats apporte auec elle vn mespris ou contemnement des officiers, qui sont en trop
grande ieunesse & de peu d'experience pourueuz des estats qui sont naturellement affectes aux vieux & anciens. Tellement que ceux qui les sur-
passent et en aage et en honneur et experience, leur peuuuent malaisement
deferer l'honneur qui est deu à leurs
estats et offices. Comme estant chose
quasi contre nature que le vieil defe-
re au ieune de moindre condition, duquel naturellement il doibt recepuoir
honneur et submission.

Tellement que estant la iustice ainsi
mesprisée et contemnée, par laquelle
comme nous auons bien souuent dict,
Les Roys regnent et sont maintenuz

la venditiõ des estats rẽd les iuges contemptibles

G iiij

& garder en l'eur auctorité & grandeur.
Il ne se fault poinct emerueiller si peu
apres les subiects se sont diuertis de leur
debuoir & office, & ont oublié la submission & obeissance qu'ils doibuent a
leurs Roys & superieurs. Et par les rai-
sons susdictes, appert qu'vn bon Roy
doibt estre merueilleusement soigneux
de choisir & eslire les hommes pour
leur vertu & sagesse. A l'exemple de ce
bon Empereur Alexandre seuere, lequel est fort loué par les histoires du
grand soing qu'il auoit à louer & pour-
ueoir les estats & dignitez de son empire
de bons hommes, tellement qu'il auoit
en son Pallais vn liure secret, dedãs lequel estoyent escrits les noms des anciẽs
& vertueux hommes de son empire, selon le rapport qui luy en estoit faict par
chacun an, par ses plus fidelles amis, &
aduenant la vacation d'vn estat ou office
il auoit recours à son liure secret. Sem-
blablement les anciens Romains, cõme
tesmoigne les histoires, conferoyent les
honneurs & dignitez de leur Republicque, non par ambition ou par faueur:
Mais en seigne de loyer & d'honneste

Alexandre
seuere fort
curieux
d'appeller
aux estats
gens sages.

Alexãdre
seuere auoit
vn liure se-
cret ou e-
stoient es-
crips les nõs
des plus sa-
ges de son
Empire.
La prudẽce
des Ro-
mains en l'e-
lection de
leurs Magi-
strats.

recompenfe, de ceux qui auoyent infiniement trauaillé pour le bien & proffit
de la republicque. Il fault doncques ex
terminer de l'eftabliffement des Magiftrats, cefte façon de prendre argent,&
fuyuant l'exemple de ce mefme Empereur. Il fault appeller auec prieres les
gés fages amateurs & zelateurs du bien
public, & les plus inftament de prendre
& accepter les charges & dignitez publicques. Car tout ainfi que iuftice ne
doibt eftre vendue, auffy ne doibt le
Magiftrat eftre cree & eftably par argēt.
Et fault croire a la verité, que ceux qui
auront acheté leurs eftats bien cher, ven
dront la iuftice, & ne fera cautelle ou
malice qu'ils ne trouuent pour auoir
moyen de fe rembourfer à la grande
foulle & oppreffion des pauures fubiets,
lefquelz fouuentesfois pour obuier à telles vexations & iniuftices, font con-
traints de delaiffer tous leurs droicts, &
y renoncer. Et errent grandement les
Roys, quand ils inftituent officiers de
iuftice, fans diligemment fenquerir de
quels meurs, vertu & fcauoir ils font, &
y doibuent bien auoir l'œil. Car les

Ainfi que iuftice ne doibt eftre vendue auffi ne doibt eftre le magiftrat cree & erigé par argent.

Ceulx qui acheptent leurs eftats en gros les vendent en deftail.

Roys font eftimez telz que font ceux qui foubz eulx exercent leur puiffance & auctorité, ioinct que côme nous auons dict cy deffus. Les Royaulmes & Republicques ne font diftingues dés brigáderies & vfupatiós que par le feul ordre & miniftere de iuftice. Et par ces raifons apert qu'il n'y à rié plus pernicieux pour la manutention de l'eftat du Roy, que de rendre les dignitez publicques venales, defquelles les Magiftrats reprefentent la perfonne & auctorité du Roy, par le mefpris ou maluerfation defquelz l'authorité & maiefté du Roy, eft en peu d'heure grandement diminuée & abaftardie.

Par la maluerfatió du Magiftrat l'authorité du Roy fe pert & diminue.

Quel bien profit & honneur auiènt aux Royaulmes & Republicques par l'election & creation des Magiftrats, faicte felon les Loix & ordonnances.

CHAP. 21.

Ar ce que deffus à efté deduict, appert combien la vendition & diftribution des eftats, ceft chofe dommageable & pernicieufe à tous Royaulmes & Republicques dont on peult au contraire ayſement colliger quel bien, quel profit, & honneur prouient de l'election des Magiſtrats faicte ſelon les Loix & ordonnances diuines & humaines. Ciceron par l'oppinion de Platon dict, que les Republicques iouiront à lors de tout heur & proſperité, ou quand le gouuernement en ſera baillé à gens doctes & ſages, ou quand les gou-uerneurs & conducteurs ſe rendront ſtudieux & amateurs de ſageſſe & de doctrine. Car à la verité comme le meſme autheur eſcript, le Magiſtrat & la Loy doibuent eſtre choſes corre-latiues, l'vne auſſi ſaincte & entiere que l'autre, & doibt eſtre le Magiſtrat le ſeul organe de la Loy. L'empereur Si giſmond, diſoit que les Roys s'eſiouy-ront en leurs Royaulmes, de tout heur & proſperité, quand ilz auront chaſſé & reiecté de leurs Cours tout orgueil ambition, & quand ilz appel leront pour la conduicte & gouuerne-ment de leurs Royaulmes, des Conſeil-lers ſages amateurs de vertu de douceur & de pieté. Comme à la verité en ce fai-

Les Repu-blicques ſe-ront heureu ſes quãd el-les ſerõt gou uernee par gens ſages.

Le Magi-ſtrat & la Loy choſes corelatiues.

L'heur des Roys depẽd du bon gou uernement de leurs Ro-yaulmes.

Auarice racine de tous maux.

fant ilz abaſtardiront & chaſſeront hors de leurs Royaulmes toute ambition & auarice , qui ſont les racines de tous maux,& rédrōt leurs ſubiectz amateurs de vertu,de toute bonne diſcipline & doctrine,qui adonneront leurs eſprits aux lettres,et en conſequence m'eſpriſeront les biens et richeſſes,cōme choſe caducque et de peu de durée.Et de faict il n'y a moyen plus cerain et plus aſſeuré pour deſraciner des cueurs des ſubiectz,toute ambition et auarice,& pour les nourrir et entretenir en l'eſtude de vertu et de ſapience,que de ne vouloir aucunement octroyer pour or ou argént,ou par faueur,ce qui eſt naturellemēt dedié pour le loyer et recompenſe de la vertu. Car l'hōneur nourrit les cueurs des hommes à faire choſes grandes et vertueuſes,à fin d'en rapporter le loyer perpetuel pour eulx et pour leur poſterité. On peult icy obiecter que par ce moyen on dominera beaucoup le reuenu du ROY . Mais nous reſponderons briefuement à telle obiection. Ce que diſoit ce bon Roy Theopompus,que le reuenu du Roy en pourra aucunement diminuer : mais

Vray moien d'extermi- ner toute ambitiō & auarice.

L'honneur nourrit les cueurs des hommes.

Le reuenu du Roy par l'electiō des Magiſtrats ſera quel que peu moindre mais beau- coup plus iu- ſte & profi- table.

qu'il sera beaucoup plus iuste & plus du
rable, et qui profitera et aparoistra beau
coup d'auantage. Et pour ne rechercher
de plus loing le profit et vtilité de l'c-
lection des Magistratz, comme chose
clere & euidente. Nous conclurons ce
poinct, parce qu'il est escript en la Loy di
uine que quand on appellera aux estatz
gens sages, qui ayent l'amour & craincte de Dieu deuant les yeux, pour faire
et administrer iustice, on accomplira la
volunté de Dieu. et alors le peuple viue-
ra en toute paix et tranquilité, & s'es-
iouira des benedictions de Dieu.

L'election des gens sages apporte la benediction de Dieu.

Troisiesme Chapitre principal de la force publicque.

CHAP. 22.

Ous aduons dit cy deuant
que la vertu et grandeur
d'vn Roy, doit singulierement
reluire en trois choses, en la
Religion iustice et force. Nous auons
amplement escript de la Religion et de
la iustice, reste à traicter de la force publicque. Laquelle est tref-necessaire

La force publicque est necessaire en vn Royaulme.

pour la conseruation & manutention des Royaulmes & Republicques. Specialement pour deux causes. La premiere pour contenir les subiectz en paix & vnion, pour vser de la main armée, à l'encontre des rebelles infracteurs , & transgresseurs des loix & ordonnances, & contre les seditieux , & perturbateurs du repos public.

Les mau-
uais sont cô
tenuz en
ofice par
crainte de
la peine.

Car en vain trauailleroient les Roys à establir & faire garder vn parfaict estat de Religion , & mettre en auant des sainctes loix & ordonnances, s'ilz ne adioustoient vne force publicque, pour astraindre les subiectz à les garder & entretenir . Car toutes Republicques sont composes de bons & de mauuais. Les bons facilement se contiennent en leur debuoir & office soubz l'amour & de Dieu , & sonbz l'authorité de leur prince . Les mauuais bien souuent mesprisent la Religion & auctorité de leurs superieurs , si elles ne sont soubstenues par la force publicque. C'est ce que dict le Poete , que l'amour de vertu entretient

les bons en leur debuoir, & la crain-
ctc de la peine retient les mauuais, &
les retire de mal faire. Et pour ceste
cause il seroit besoing d'establir vne
force publicque pour aprehender &
punir les mal faicteurs et transgresseurs
des Loix & Ordonnances. La se- *La force pu-*
conde cause est pour garder et main- *blicque ne-*
tenir les subiectz et l'estat du Royaul- *cessaire en-*
me, contre l'ambition et entreprise de *tre l'ennemi*
l'ennemy estrangier. Ceste force consi- *estrangier.*
ste és personnes de ceux qui font profession des armes, soubz le nom et authorité du Roy, desquelz nous parlerons cy apres.

De la Noblesse dont elle prouient, & comment elle
se doibt garder & maintenir.

C H A P.   2 3.

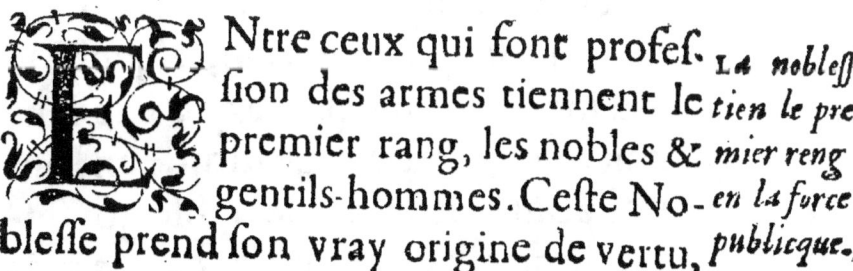

Ntre ceux qui font profes- *La noblesse*
sion des armes tiennent le *tien le pre-*
premier rang, les nobles & *mier reng*
gentils-hommes. Ceste No- *en la force*
blesse prend son vray origine de vertu, *publicque.*

& se confere & octroye par les Roys a ceulx qui ont long temps suiuy les armes auec gloire & honneur, & se sont exposez à infinis perils & fortunes, pour la manutention & accroissement de l'estat de leur Roy, et pour la protection & defence de ses subiects. Pour remuneration desquelz leurs labeurs & seruices, & de leur bon zele & fidelité enuers leur Prince. Ils sont honorez du priuilege de noblesse, pour eulx & pour leur posterité, dont appert que la noblesse prouient de vertu, laquelle seulle l'engendre, la nourrit, et entretient de pere en filz, de generation en generation, iusques en la fin du monde. Et pourtant la vertu est appellee immortelle, tant par ce que elle entretient les maisons et familles qui l'ayment et ensuyuent en leur entier, et le plus souuent auec accroissement de tout heur et prosperité perpetuellement de generation en generation, iusques à la fin du monde, que parce que elle leur acquiert vne eternelle beatitude en l'autre. Et pour ceste cause le noble qui sesiouyt du priuilege de noblesse, de la gradeur et prosperité qui luy est acquise par la vertu

D'ou proce de la noblesse.

La noblesse prouient de vertu.

La Vertu est dicte immortelle.

la vertu de ces anceſtres pour ſe maintenir & garder en ceſte grandeur & proſperité, doibt neceſſairement par effect
ſe monſtrer non ſeullement heritier de
la nobleſſe & grãdeur de ſes peres: mais
auſſi vray ſucceſſeur de leur vertu &
vaillantiſe, la ſeule memoire deſquelz
luy doibt ſeruir d'vn eſguillon & con-
trainɗe pour embraſſer tous actes gene
reux, afin de maintenir & s'il eſt poſſible
de plus en plus augmenter leur nom &
reputation. Et pour ceſte cauſe les anciens Romains qui auoient par leurs tra
uaux & merites acquis quelque bon
nõ en leur Republicque, ſe faiſoyẽt em
praindre & eſleuer, engrauer, en pierres,
ou en des tables, pour demeurer perpetuellement deuant les yeulx de leur poſterité, pour inuiter leurs enfans à eſtre
immiatteurs de leur vertu & magnanimité. Saluſte eſcript à ce propos que ces
grands Capitaines Romains. Comme
Quintus, Fabius, Maximus, Publius,
Cornelius, Scipio, Aphricanus, & les
autres auoient acouſtume de dire, que
quand ilz contemployent les ymages
& repreſentations de leurs maieurs, &

Le noble ſe
doitmõſtrer
vray ſucceſ-
ſeur & he-
ritier de la
vertu de ſes
anceſtres.

Les ymages
des anciens
Romains

Les ymages
des peres in-
uitent les
enfans à fai-
re tous actes
genereux.

H

anceſtres, que de la memoire de leurs
faictz & vaillantiſes leur enfl amboit &
embraſoit les cueurs à ſ'expoſer & ha-
zarder, pour la conſeruation & augmentation de leur Republicque , & à faire
tous actes vertueux & magnanimes.
C'eſt vn grand threſor dict Platon, que
la vertu & bonne renommée des predeceſſeurs: mais encores eſt ce choſe trop
plus excellēte que de les enſuiuir & ſur
paſſer en vertu & magnanimité. Au con
traire ſi les enfans negligens d'enſuiuir
les actes cheualereux & magnanimes de
leurs peres: ains ſ'adonnent à choſes vaines & puſilanimes, ilz ne peuuēt longue
ment durer. Car la ſeulle vertu maintiēt
la nobleſſe ſans laquelle elle ne peult
longuement regner. Au contraire le vice
& la puſilanimité l'eſtaint & l'abolit: pour
ceſte raiſon il eſt eſcrit que celuy qui ho-
norera Dieu ſera glorifié, & ceux qui le
meſpriſeront ſeront ignobles. Et à la veri
té à l'homme vitieux & meſchant, le tiltre de nobleſſe ne peult ſeruir que d'aug
mentation de turpitude. Car comme di
ſoit Marius dedans Saluſte, d'aultāt que
la vertu des anceſtres à eſté grande &

louable d'aultant la mauuaife vie des en
fans qui degenerent eft abhominable &
deteftable. Tellement qu'ilz doibuent
eftre reputez enfans baftards & illegiti-
mes heritiers de leurs maieurs & anceftres,& leur deuroit on ofter le nom &
les armes de leurs peres ? comme ayant
derogé à leur vertu & nobleffe,& comme dict le Canon doibuent eftre nom-
brez entre les plus vilz,ayant par leur vice & par leur turpitude obfcurci la vertu
& la nobleffe de leurs peres. Et pour con
clufion vn bon Roy doibt feullement re
marquer & recognoiftre ceux nobles et
geutilz hommes,qui reffentent & enfui-
uent la vertu ou le cueur genereux de
leurs maieurs & de leurs peres & non
pas ces grands blafphemateurs du nom
de Dieu & ennemis du pauure peuple,
qui font la guerre au bon homme &,qui
deteftent la bonté de Dieu par leurs con
tinuelz iuremens & blafphemes qui
cherchẽt pluftoft à faire la guerre et exer
cer leur fureur et cruaulté cõtre les fubiectz du Roy qui ne fe peuuẽt deffendre,
que nõ pas contre l'ennemy. A la vérité
ce feroit vn intereft commung, des

H ij

*Gentilz . hõ
mes mal vi
uans doiuẽt
eftre repu tes
baftards.]
& perdre
le nom &
les cours de
leurs mai-
fons & fa-
milles.*

*Le blafphe-
me marque
d'vn gentil
hõme dege-
nerant de
nobleffe.*

Nobles & geutilz-hommes, que tels
blafphemateurs & ennemis de vertu &
du pauure peuple feuffent defgradez &
defauthorifez des priuileges de Noblef
fe. Car côme difoit Iefuf-chrift, s'ilz veu-
lét faire apparoir qu'ilz font enfans d'A-
braham, il fault qu'ilz facent et enfuyuent les œures & faicts d'Abraham, aultrement ilz doibuent eftre reputez enfans baftardz de leurs anceftres.

Des Priuileges & prerogatiues de nobleffe.

CHAP. 24.

L A nobleffe eft enrichie &
ornée d'infinis grandz priui
leges & prerogatiues qui
ónt efté de long temps don-
nez & octroyez par les ROYS aux Gétilz-
hômes, pour augmétation de recôpenfe
de leur vertu & fidelité. Car oultre qu'ils
font domefticqués & familiers des Roys
libres exempts & affranchiz de toutes
tailles, tributs, fubfides & exactions publicques, ilz ont entrée, la porte leur eft
ouuerte, & à tous les grâds honneurs &
prerogatiues des Royaulmes pour com

plufieurs
priuileges
de nobleffe.

mander & reprefenter la grandeur & au
ctorité de leurs princes, tant fur la mer
que fur la terre,& par degrez leurs font
commifes les charges & conduites, des
anciens, & leur font dediez les grands
honneurs & dignitez pour en tout
temps florir & commander foubz le
nom & auctorité des Roys.

La conduite des armees appartient aux nobles.

Et pour c'eft effect ilz font appelez aux
grands Magiftrats, concernants la diftri
bution ordinaire de la iuftice, comme
font les eftats des Baillifz,& Senefchaux
qui fe conferent feullement, ou à tout le
moins plus couftumieremét aux nobles
pour toufiours demeurer chefs de la iuftice ordinaire foubz l'auctorité du Roy.

La nobleffe appelée aux grãds eftats & dignites des Ro-yaulme.

En fecond lieu leur font dediées les grã-
des charges & dignitez és cours fouue
raines , & aux maifons Royalles. Comme Pairs, Conneftables,grãds Maiftres,
Marefchaux, Admiraux,& toutes autres
dignitez és maifons des Roys. En troifief
me lieu leur font referuées les grandes
puiffancés & opuléces des Royaulmes,
cõmme les Duchez, Côtez, Marquifatz,
Baronniers, & aultres fiefz nobles, auec
puiffance & iuftice fur leurs fubiects &

La fuperin tendãce des noble en la diftributiõ de la iufti-ce.

Les Duches Contez & aultres grã-des opuléces referuées aux nobles.

H iii

vaſſaux, pour quaſi repreſenter en leurs terres vne auctorité & maieſté de Roy. D'auantaige à eulx appartiennent les gouuernements des pais & prouinces qui ſont du domaine & patrimoine des Roys, pour y commander et repreſenter la grãdeur et auctorité de leur Roy. dont appert que tout ainſi que la vertu des gentilshommes peult de plus en plus et de iour en iour augmenter et accroiſtre par infinies actes cheualereux et magnanimes, & par les cõtinuelz ſeruices qu'ilz font au Royaulme en temps de guerre, ſ'expoſant librement à tous perilz & dãgers pour le ſeruice de leur prince, & pour la manutention de ſon eſtat: & en tẽps de paix par vne ſage cõduite & gouuernement des ſubiectz ſoubz ſon nom & auctorité. Auſſi ſe peut ceſt hõneur & prerogatiue de nobleſſe beaucoup augmenter & acroiſtre par infinis grands loyers & recompenſes de la vertu & magnanimité de ceux qui ſ'expoſent voluntairement au ſeruice public & de leurs princes. Car oultre les honneurs & dignitez ſuſdictes ilz ſont honorez par leurs Roys de l'honneur de cheualerie, & les plus vieux & anciens qui ſont par

Les gouuernement des pais & prouinces apartient aux gentilzhommes.

L'hõneur de Cheualerie reſeruè aux nobles.

deſſus les aultres remarques par leur ver
tu & magnanimité, ſont en fin faictz mé
bres de la grandeur et maieſté du Roy *Les Cheua-*
par la collation de ſon ordre: par laquel- *liers de l'or-*
le tout ainſi qu'ilz ont eſté protecteurs et *dre du Roy.*
principaux deffenſeurs de ſa perſonne
et de ſon eſtat, auſsi ilz ſent faictz partici
pans de l'honneur maieſté et auctorité *L'ordre de*
de leur prince, et ſont honorez quaſi cō- *Cheualerie*
me compagnons de ſa bonne fortune et *eſt vn grād*
proſperité C'eſt honneur eſt grand et à *hōneur, &*
eſté introduict par les Roys pour vn ſu- *ſupreme lo-*
preme loyer et recompenſe de la vertu *yer de la*
de ceux qui ont expoſé et meſpriſé leurs *vertu du no*
perſonnes, leurs biens, et leurs vies, pour *ble.*
maintenir le ſeptre en la main de leur
prince et pour l'augmétation et accroiſ-
ſement de ſon auctorité et grādeur. Tel
lemét que c'eſt honneur doibt eſtre fort *L'hōneur de*
rare et ſe doit octroyer et departir aux *Cheualerie*
grās, et anciés Capitaines et cheualiers, *de l'ordre*
pour vn ſupreme honneur et recōpenſe *du Roy ne ſe*
de leur vertu et vaillātiſe. Les anciés Ro *doit depar-*
mains encores que l'hōneur de cheuale *tir que aux*
rie ne leur feuſt de tel pris et de tel degré *grands &*
qu'il eſt à l'endroit des Roys, neātmoins *plus renom*
comme Ciceron eſcrit ilz n'en voulurét *mes Capi-*
taines.

H iiii

iamais honorer ceux qui auoient beaucoup acquis de bié & de richeſſes au ſer
uice de leur Republicque, parce que tel
amas de biés procede le plus ſouuent de
moyés pernicieux & illicites, et trop plu
ſtoſt que de quelque excelléce de vertu,
& de preud'hómie: mais ilz conferoient
tel honneur à ceulx deſquelz la vertu &
vaillantiſe eſtoit cogneue & de long téps
experimentee, pour s'eſtre ſouuent trou
uez et hazardez en pluſieurs guerres,
en pluſieurs batailles, en pluſieurs victoi
res, auec honneur et reputation. Aultre
ment ſeroit choſe pernicieuſe et dóma-
ble pour le bien public, ſi vn tel honneur ſtoit conferé et octroyé par les
Roys indifferemment et ſans grande co
gnoiſſance de cauſe. Car en ce faiſant il
ny auroit aulcune diſtinctió ou differéce
entre les yieux et anciés Capitaines, qui
ſe ſont touſiours móſtrez vertueux et
magnanimes, et qui ſót en admiratió en
uers les hómes pour leur vertu et pour
leurs merites: et entre les autres de moin
dre qualité et códition par la confuſion
de leurs loyers et recópenſes. Par ce que
le couard qui ne feiſt iamais ſeruice remarquable, ou bien le ieune gendarme

L'honneur de cheuale rie ne ſe oc troioit par les Romains aux riches, ains aux vertueux & magna nimes.

Par l'hon neur de che ualerie de lordre ſe doi uent diſtin guer les grands & renommez Capitaines d'auec les aultres moindre

duquel la vertu n'eſt encores aſſez congneue & experimétée, ſe trouueroit autant honoré que l'homme vaillant & genereux qui auroit toute ſa vie trauaillé
pour le bien public. Ce qui fermeroit la
porte à toute vertu & magnanimité: car
comme diſoit Ciceron, l'honneur nour- *L'honneur*
rit les hômes, & les inuite à choſes gran- *nourrit les*
des, & à ſe monſtrer vertueux, prote- *hommes & les rõduit à*
cteurs & defenſeurs du bien public, eſ- *choſes gran-*
perantz par ce moyen delaiſſer à leur po *des.*
ſterité vn hôneur rare & perpetuel pour
ſouuerain loyer & recompenſe: lequel
ſe trouueroit beaucoup diminué, & la
vertu beaucoup moings recongneue & *La confuſiõ*
recompenſée. Si vn tel honneur eſtoit *du loyer in-*
communicqué à pluſieurs ſans diſcretiõ *differem-*
& ſans grande congnoiſſance de leurs *mét octroye*
vertus & merites. Tellement que on ver *aux bõs, &*
roit à l'œil la vertu ſe diminuer & ſ'abaſ- *aux mau-*
tardir à l'endroit des hommes auec ſon *uais aba-*
loyer & recompenſe. Et pour ceſte cauſe *ſtardis les hommes.*
quand il eſt queſtion de conferer vn tel *vn Cheua*
hôneur aux anciens Cappitaines & bõs *lier de l'or-*
ſeruiteurs de leurs Couronnel. Il ne le *dre ſe doit*
fault pas indifferemmét octroyer à tous: *eſlire entre*
Mais comme diſoit en ſemblable choſe *deux mille.*

le bon Roy Salomon. Il en fault choifir vn entre deux mille qui foit parfaict
& accomply en toutes vertus, duquel la
fidelité & vaillantife foit de long temps
congneue & experimentee. De telles
perfonnes vn Roy doibt eftre feruy &
honoré, tát pour fon auctorité & grandeur et aornement de fa perfonne, que
pour prendre de chacun d'eux confeil

*Beau &
magnific-
que fpecta-
cle en la
maifon des
Roys.*

et aduis en fes grands affaires. Ce feroit
vn beau & magnificque fpectacle et digne d'vn ROY, fage & accomply de veoir
fa perfonne enuironnee de tels vieux et
anciens Cappitaines, rompus & experi-
mentes aux affaires d'eftat, tant pour le
temps de la guerre, que pour le téps de

*La vieillef-
fe eft la
vraye in-
ftructió &
conduicte
des ieunes.*

paix. Cela en premier lieu feroit la vraye
inftruction & conduicte des ieunes, auf-
quels il feruiroient de mirouer & exemple de toute vertu et magnanimité, &
trembleroient foubs leur ombre et auctorité, & ne vouldroient commettre
acte dont ils peuffent par eux eftre re-
prins ou remarques. Et oultre les eftran
giers entreroyent en crainte, & en admiration d'vn tel Roy, & reputeroient
fa Court triumphante & remplye de

toute vertu & sagesse. Car ou sont tels
gens en nombre, il n'y a iamais faulte de
bon aduis & conseil, & consequemmét
de bon gouuernement & heureuse con
duicte. Iustin en son histoire escript que
ce grand Roy Alexandre entreprint de
conquerir la plusgrande partye du mon
de, auec vne fort petitte armee, compo-
see de vieux & anciés Cappitaines tous
sexagenaires & de vieux & anciens soldats qui ressentoient plustost la façon &
la grauité de Cappitaines & de maistres
de Camp, ou de precepteurs de la discipline militaire. Que non pas de simples
soldats ou gensdarmes, lesquels ne sca-
uoient que cestoit que de fuir en guerre. Mais auoient de long temps apprins
a dextrement combatre & surmonter
leurs ennemis, & vaillamment poursuy-
uir leurs victoires.

Tellement dict l'hystorien, que la
hardiesse & entreprinse de ce grád Roy
n'estoit moins louable & admirable,
pour auoir olé entreprendre vne telle
conqueste, auec si peu de gens. Que sa
dexterité et vaillantise, pour adouir

*Court triom
phante, &
remplis de
vertu faict
entrer les
strangers
en crainte
& en ad-
miration.
Les Cappi-
taines d'A-
lexãdre tous
sexagenai-
res.*

*Les soldats
du Roy Ale
xandre ex-
perimentes
au faict de
la guerre.*

fi dextrement & heureufement conquis
la plus grande partie du monde. C'eft ce
que dict Ciceron que les chofes grandes
font menées & conduictes à fin, par le
confeil des fages non moings que par la
force des hommes. Comme plus amplement nous auons traicté cy deffus.

*Des compagniez des genf-darmes & foldatz, &
comment ils fe doiuent conduire & gouuerner.*

CHAP. 25.

Ombié que ce ne foit noftre
intention d'efcrire de ce qui
eft du faict de la guerre & de
la difcipline militaire : (de-
quoy nous nous repoferons fur Vegece
& autres infinis autheurs qui en ont am
plement efcrit,) toutesfois ce que la fage côduicte des genf-darmes & foldatz,
eft vn poinct qui conferne merueilleufement & le foing & diligence d'vn bon
Roy, pour le repos de fes fubiects : & la
prudence & dexterité des gentilf-hom-
mes, & l'honneur de la Nobleffe : à laquelle naturellement en appartient le
gouuernement & conduicte : enfemble

le grand repos & trãquilité des pauures
ſubiects. et le contraire leur apporte vne
inſupportable affliction & calamité, leſquelz ſont par ce moyen reduicts à toute
pauureté & mendicité. Pour ceſte cauſe
nous auons penſé n'eſtre hors de propos
d'en parler briefuement: tant pour exci-
ter les Roys à pitié & commiſeration enuers leurs pauures ſubiects: à fin doreſna
uant d'eſtablir de bõnes & ſainctes Loix,
pour la conduicte & gouuernement des
gens de guerre: que pour inuiter les nobles & gentilshommes à monſtrer par
effect leur cueur genereux, & reſpondãt
à la vertu de leurs maieurs & anceſtres:
& de eux monſtrer enuers leur pauure
partie autant doulx & pitoiables, cõme
ils ſe doiuent monſtrer à l'encontre de
leurs ennemys furieux, vertueux, & magnanimes. Comme n'eſtãt l'vn des deux
actes moins louable & vertueux que l'au
tre: à fin qu'en ce faiſant les Roys ſoient
par tout obeyz, ſeruiz, aymez & reuerez
d'vn chacun, & que leurs pauures ſubiects ſoient doreſnauant gardez et main
tenuz en vn bon repos et tranquilité. En
quoy (cõme nous auons dict cy deſſus)

*Les gẽtilz
hõmes doib
uent eſtre
doux &
gratieux
enuers leur
partie, fu-
rieux &
magnani-
mes contre
l'ennemy
eſtrangier.*

consiste le vray office et debuoir d'vn bon Roy enuers ses subiects : et pour estre plus brief, nous parlerons indifferemment par se seul chapitre, des gensdarmes et soldats, & de leur vraye conduicte et discipline. Et premierement nous dirons que la discipline militaire est le vray fondement et soustenement de la force publicque, sans laquelle les armes ne se peuuent conduire n'y aulcunement subsister : laquelle estant vne fois delaissee et enfrainte, default tout ordre et toute police. Tellement (comme disoit Lucius Papirius dictateur Romain) qu'alors on ne sçait que c'est que de commandement et d'obeissance: car le Capitaine n'a plus de commandemēt sur son soldat, n'y le soldat aulcũ respect ou obeissance à l'endroict de son Cappitaine. Et pour ceste cause ces grands Capitaines et Empereurs Romains, et autres qui ont si dextrement et heureusemēt conduict leurs armees, qu'ils en ont rapporté enuers toute la posterité vn hōneur extreme, & louēge immortelle, l'ōt voulu sur toutes choses estroictement garder et maintenir. Ce grād Capitaine

La discipline militaire vray fondement de la force publicque.

Cessant la discipline militaire, on ne sçait que c'est que commandemen & obeissance.

Epaminondas grand obseruateur de la discipline militaire.

epaminondas guerroyát contres les La
cedemoniés.Manlius et Poſthumius dictateur Cappitaines Romains , comme
teſmoigne les hyſtoires,ont cruellement
puny & faiĉt mourir leurs propres enfans, pour auoir combatu côtre leurs en
nemis,ſans le côgé & permiſſiô de leurs
Capitaines et conducteurs,contre la loy
et diſcipline militaire:côbien qu'ils euſſent heureuſement combatu et obtenu
victoire outre leurs ennemis.Diſans que
la diſcipline publicque leur eſtoit trrp
plus chere et recommandable , que la
vie de leurs enfans. Le meſme Capitaine
epaminondas, viſitant ceux qui faiſoyét
la garde en ſon camp,auoit de couſtume
pour l'exemple & pour maintenir la
diſcipline militaire,de tuer et occir de ſa
propre main ceux qu'il trouuoit endor
mis:et diſoit qu'il les laiſſoit en l'eſtat au
quel il les auoit trouuez. Ceſte diſcipline militaire côſiſte ſpeciallemét à l'entre
tenemét des loix militaires, et des côma
demens que les Capitaines font à leurs
genſdarmes,et en vne ſeuérité dont ils
vſent pour l'exéple a lencôtre des deſo-
beiſſans & infracteurs d'icelles leſquelles

se doiuent trop plus estroictement garder et maintenir qu'en temps de paix: car si vne foys on perd l'ordre et discipline en vne armee on ne peult autre chose attendre des gensdarmes et soldatz, sinõ vne honteuse fuyte ou vne cruelle defai-

La force d'v
ne armée
consiste en
l'ordre &
en la cõdui-
cte plus que
au nombre
& en la
force des
gensdar-
mes.

cte: car la force d'vne armée ne consiste pas tant au nombre et en la quantité et force des gensdarmes, comme elle gist en l'ordre et en la cõduicte qui ne peult estre sans l'entretenement de la discipline publicque, et des Loix de la guerre. De ses loix militaires aucunes concernent la police et conduicte des gensdar mes et soldatz, lesquelles prescriuét aux Cappitaines l'ordre qu'ils doiuét garder pour les mener et conduire, et la forme de viure qu'ils doiuét tenir par les châps pour le soullagement du pauure peuple pour obuier à toutes pilleries et saccage ments, de laquelle conduicte nous espe-

L'ancienne
vertu des
Romains
vray exem
ple pour la
posterité.

rons speciallement parler: les anciés Romains qui seruét à leur posterité de vray mirouer et exemple de toute vertu et vaillantise, qui ont par leur dexterité op tenu tant de victoires, et tant de foys triomphé de leurs ennemys qu'ils ont
asubiecty

asubiecty à leur empire la plusgrande
partie du môde,& qui par leurs escriptz
nous ont representé leur sage côduicte, *Les anciens*
& leur discipline militaire ont eu en sin- *Capitaines*
guliere recommandation la protection *& empe-*
& sauuegarde de leurs pauures subiectz: *pereurs Ro-*
tellement qu'ilz adstraignoyent leurs *mains prote-*
gensdarmes & les Capitaines de iurer *cteurs &*
folénellement,qu'ilz ne sortiroient hors *deffenseurs*
du camp sans le congé & permission de *du pauure*
leurs capitaines,& qu'ilz ne feroient au- *peuple.*
cun larcin ou pilleries par les champs &
estoit reputé comme mortel & cappital *Les gêsdar-*
dy contreuenir: car tout ainsi qu'ilz e- *mes & sol-*
stoient bien payez de leurs gaiges & de *dats Ro-*
leur solde, ainsi leur estoit il deffendu de *mains e-*
ne rien prendre sur le bon homme sans *stoiẽ: bien*
payer,& estoit ceste Loy estroictement *payez de*
& inuiolablement gardée: de sorte que *leurs gages.*
nous lisons que Pescenius Niger Empe-
reur, luy ayant esté rapporté qu'vn sol- *La seuerité*
dat contre la discipline militaire auoit *de Pescenius*
prins vn cocq ou vne poulle en lamaisô *nyger empe-*
d'vn laboureur , lequel il auoit mangé *reur contre*
auec dix autres soldatz : feist mourir *les pillars.*
le soldat & ses conuensaux , comme
compagnons & participãs de son larcin

I

& pillerie. Alexandre Empereur qui fut
surnommé le Seuere pour auoir esté entier obseruateur de la discipline militaire, faisoit griefuement punir vn soldat
pour s'estre diuerty de son chemin pour
entrer en la maison d'autruy pour y pré
dre & desrober, vsant coustumierement
de ce prouerbe lors commun entre les
chrestiens, qu'il ne failloit que le soldat
feist à aultruy ce qu'il ne voudroit luy e-
stre faict. Marcus cato ainsi qu'il estoit se
uere & grãd obseruateur des Loix & or
donnances militaires aussi punissoit il
telz pilleurs & brigans, & leur faisoit
couper la main de laquelle ilz auoiẽt pil
lé & desrobé, pour vne perpetuelle mar
que de leur larcin & vollerie. Et à la verité les bõs & vrays capitaines & affectiõ-
nes seruiteurs des Roys deuroiẽt ensui-
uir ses exẽples, & griefuemẽt punir telz
volleurs, lesquel empruntent le nõ de soldats, nõ pour faire seruice au Roy, mais
pour plus libremẽt et auec moindre dã-
ger exercer leurs volleries. Tellemẽt qu'il
ne les deburoiẽt point punir cõme vrays
soldats, mais cõme vrays brigans & volleurs. Thibere Cesar Empereur Romain
les faisoit tousiours punir de peine capi-

La iustice de Caton cõtre les pilleurs & volleurs

Les volleurs se font sol-dats pour plus libre-mẽt exer-cer leurs volleries.

tale nõ cõme soldats, mais cõme volleurs
et brigands , par ce qu'il ne pouuoit
croire que vn bõ gédarme ou soldat qui
affecte le seruice de son prince, peut adõ
ner son esprit à voller & saccager ses pau
ures subiectz. L'épereur Aurelian à mer-
ueilleusemét abhorré a l'édroict du soldat telz larcins & rapines ,& pour ceste
cause cõmandoit & enioignoit tresex-
pressemét aux capitaines & cõducteurs
de tous gésdarmes,qu'ilz eussent loeil à
ce que le pauure peuple ne feust aucune
mét vexé & opprimé , & que on ne luy
ostast pas vn seul poulet,vn seul agneau,
ou vne seulle gerbe de bled sás paier sur
peine de la vie,& qu'ilz se cõtentassét de
leurs gages, & qu'ilz assignassét leur enrichissemét sur leur vertu & vaillãtise, et
sur la despouille de leurs ennemis,qui est
à la verité la premiere assignatiõ de leur
enrichissemét, & nõ pas sur le sang & sur
les larmes du pauure peuple .Et faut en
secõd lieu qu'ilz atédentle vray loyer de
leur vertu,de la liberalité & magnificéce
de leur Roy,& de leurs bons Capitaines
ausquelz naturellemét appartiét de reco
gnoistre le bõ gendarme & le bõ soldat

*Iamais vn
bõ & vail
lant soldat
ne s'adõne
à piller &
voller.*

*Le bon sol-
dat doit as-
signer sa re-
cõpense sur
la despouile
de son enne
my & sur
la liberalité
de son prin
ce.*

I ij

& de le gratifier & recompenfer de fon feruice, tant par accroiffement d'honneur, le faifant de foldat Capitaine, comme aufsi par don & magnificence. Ces

La manifi-
cence des
capitaines
Romains en
uers leurs
foldatz.

grands Capitaines Romains n'auoient rien en plufgrande recommendation, que de recognoiftre & recompenfer la vertu & le trauail de leurs foldats par dons & magnificences, Spartian efcript que à leur exemple les Empereurs Trajan, & Hadriã, furent merueilleufement foigneux de honorer & gratifier leurs bós genfdarmes & foldats, par plufieurs dons & recompenfes, pour toufiours de plus en plus les rendre prompts & voluntaire à s'employer & expofer pour la manutention & accroiffement de leur

La caufe
des pilleries
& brigã-
deries.

Empire, & pour leur ofter toute occafiõ de vexer & trauailler leurs pauures fubieƈtz. Les autres pour obuier à telles oppreffions & vexatiõs ont auec vne grande fageffe & prudence recherché l'occafion de telles briganderies & volleries. Lefquelles communement auenoient par ce qu'il eftoit impoffible aux genfdarmes & aux foldats, d'eux nourrir & entretenir de leurs gages, par

ce que le gendarme voudroit auoir autant de cheuaux & aultant detrain que
son Capitaine, le soldat vouldroit a-
uoir sa putain & son gouiat pour le seruir, ce qui tomboit necessairement sur
la foulle & oppression du peuple : d'autant qu'il leur estoit impossible de les
nourir & entretenir de leurs gages, & fail
loit necessairement voller & brigander:
pour a quoy obuier Scipion Æmilian
grand & renommé Capitaine de Rome,
voyant au camp des Romains la discipline militaire fort diminuée & abastar-
die, par le mauuais gouuernement des
soldats et gensdarmes, pour la restablir
& remettre en son entier, purge en premier lieu son camp de toute paillardise
& ordure, & feist chasser toute les putains & paillardes, & tout tel bagage
hors de son camp : & tost apres les soldatz commencerent à se recognoistre
& apprendre leur ancienne façon & for
me de viure, comme ayans perdu les
vrayes instrumens, et les vrayes causes
de leur lubricité rapine et mauuais gou
uernement, tellement que tost apres ilz
prindrent d'assault et raserent ceste gran

La prudēce
de Scipion
aemilian
pour r. met-
tre la disci
pline mili-
taire.

de & renõmée ville de Numéce. Et faut croire à la verité que ce bagaige remply de putains & de gouiatz ne sert que de tout mal, de diminuer & aneátit le cueur du soldat, & le contraindre à estre brigāt & volleur: cõme aussi à l'endroit des gésdarmes on remarque que l'aage doré des frãçois à prins fin quand ilz ont voulu faire porter des malles apres eux, ce qui est tousiours tourné à la grande foulle & oppression du pauure peuple. Et pour ceste cause nous lysõs que en Aphricque et en plusieurs autres nations estrangieres il estoit enioinct aux soldats porter sur eulx leurs armes & aultres petites hardres.

Tous ces bagaiges ne seruent que de foulle & oppression pour le peuple.

Ce que mesme les anciens Romains ont gardé & obserué, & ne failloit point tant de cheuaux qui se derobét es maisons des pauures laboureurs, & tant de gouiatz pour porter leurs pacquetz & bagages, & bié souuent leurs brigande-ries & volleries, auec le sang & substance du pauure peuple. Mais si nous voulons parler du temps auquel nous sommes, nous trouuerons que toutes telles oppressions & calamitez

La sagesse & prudēce des anciens à l'endroit de leurs soldatz.

Calamité & misere des pauures subiectz en France.

tombent de iour en iour fur les pau-
ures fubiectz , qui font contraintz de *Les terres la-*
nourrir & foldats, & gouiats, & putains, *bourables*
& outre il ce font rançónez & excedez *delaiffées à*
en leurs perfonnes, et ne s'en faict au- *raifon des*
cune recherche ou punition : enquoy *pilleries &*
on void la difcipline militaire du tout *faccagemés.*
peruertie & renuerfée. A quoy il eft
trefgrand befoin de remedier & donner *Les gages*
ordre , aultrement nous verrons en *des genfdar-*
brief les terres labourables delaiffees *mes & fol-*
& abandonnees d'vn chacun, & feront *dats fe doi-*
les laboureurs contrainctz de quiter *uent dilige-*
leurs maifons par extreme pauureté *ment p aier.*
& en confequence de ce , nous ne
pourrons efperer finon vn vray changement & reuolution de toutes cho- *Les gés dar-*
fes. Le remede en cela eft própt & facile, *mes ne peu-*
c'eft de faire foigneufement paier indiffe- *uent eftre*
rément aux gens de guerre leurs gages: *fás gages.*
car tout ainfi que la force ne peut eftre
fás genfdarmes, aufsi les genf-darmes
ne peuuent eftre fans gages : lefquelles il faut prendre & leuer fur les tailles
et fubfides du royaume, qui fót naturellemét dediez pour c'eft effect et ne les

fault emploier à autres vſages. Et fault diligemmét rechercher & cruellement punir ceux qui prennent & attirent à eux ſans raiſon ceſte pecune publicque qui eſt ſacrée & dediée aux charges publicques, & les punir comme vrays ſacrileges & ennemis de la choſe publicque. Et ſi les ſubſides & tailles ne ſuffiſent, il les fault pendant la guerre augmenter & multiplier comme nous dirons cy apres: car le pauure homme eſt plus trauaillé & opprimé en vn iour par les genſdarmes qu'il n'eſt en quatre ans par les tailles & ſubſides. Et en ce faiſant ſi le peuple paie voluntairement les gages & ſoldes des gens de guerre pour le garder & conſeruer en pleine ſeureté & liberté, il eſt treſraiſonnable que le Roy qui ieſt le vray chef, le vray protecteur & deffenſeur de ſes ſubiectz, donne ordre à ce que l'ancienne diſcipline militaire ſoit inuiolablement gardée & obſeruée, de ſorte que contre toute raiſon & contre toute ordonnance diuine & humaine, les pauures ſubiectz ne ſoient pour l'aduenir pillez, vexez, & tourmentez par ceux qui nourriſent

La pecune publicque dediée pour la ſolde des gens de guerre eſt vne choſe ſacrée.

Larrons de finances ſe doiuent punir comme vrays ſacrileges.

Le pauure peuple paie les gages des gens de guerre pour eſtre maintenu & gardé & non pas pour eſtre par eux pillé & ſaccagé.

& entretiennent pour les garder & deffendre. Et contre les des-obeissans
& transgresseurs de la discipline muli-
teire fault vser de l'ancienne seuerité de
ces bons Empereurs & Cappitaines, à
fin que la punition d'vn, serue de craincte & d'exemple aux autres, & n'y fault
espargner personne pour rendre la disci
pline inuiolable: car il vaut trop mieux
(comme disoit ce bon dictateur) que *Fault re*
vn bon gendarme ou soldat meure, que *nouueler l'ā*
la discipline de la guerre soit rompue & *cienne di*
peruertie. Et fault renouueler ceste an- *scipline des*
cienne ordonnance que les gens de guer *Romains.*
re viuent par estappes comme quelque
fois ils ont faict, & que les pilleurs & larrons soient continuellement punis com
me ilz le meritent: à fin que doresnauant
ilz viuent de leurs gages, & apprennent
à s'enrichir par leur vertu, & de la despouille de leurs ennemys, & non pas
du sang & des entrailles du pauure
peuple, & de leurs pauures partie, en-
semble de la liberalité & manificence
de leur prince, auquel naturellement
appartient de recognoistre & recompen
ser leurs labeurs & leurs seruices. Et

en ce faifant vn bõ Roy inuitera fes pauures fubiects à prier Dieu pour fa fanté &
profperité et afin qu'il luy plaife de le gar
der & maintenir longuement en fon au
ctorité & grãdeur. Au contraire eftants
cõme ils font de prefent infiniement tra
uaillez & tourmétez, & reduictz en vne
extreme pauureté et médicité, il y a grãd
danger qu'ilz n'entrent en defefpoir, &
que au lieu de prier Dieu pour leurs
Roys & fuperieurs, au contraire ilz ne
deteftent & abhorrent leur auctorité &
domination: car le pauure homme defe-
fperé n'a bien fouuent recours que à

Les plain-
ctes du peu
ple de gran-
de efficace
enuers dieu
qui eft le iu-
fte Iuge.

toutes imprecations & maledictions cõ
tre ceux qui l'ont tellemét vexé & tour
menté & doubtons bien fort que telles
imprecations & maledictions ne foient
de grande force & vertu enuers Dieu
qui eft le iufte Iuge & le iufte végeur de
toute iniquité, pour bien fouuét faire re-
muer le ciel & la terre, tãt cõtre telz mal
heureux brigãdz & volleurs qui pren-
nét ordinairemét fin felõ leur demerites
que cõtre ceux qui ont pui ce de les em
pecher et de les punir & n'é tiénent cõte.

Des tailles tributs & fubfides.

C H A P. 26.

NOus ne penseriõs point auoir deuement traicté du debuoir & office
d'vn bon Roy enuers ses subiects, si
nous n'auions faict quelque particuliere
dispute des tailles, tribuz & subsides que
les Roys prengnent & leuent ordinaire-
rement sur leurs peuples, tant pour le
maintien & entretenement de leur estat
que pour subuenir à la necessité de leurs
affaires. Lesquels pour ceste cause Ciceron en plusieurs lieux appele les nerfs de
la republicque les subsides de la guerre,
les ornements de la paix; lesquels tribus
& subsides le Roy peult quãd il luy plaist
prẽdre & leuer sur son peuple: Car il est
seigneur & maistre des personnes & des
biens. Et ses subiects luy doibuẽt seruice
& du bien & de la vie par tout droict diuin & humain: Mais vn bõ Roy ne doibt
pas faire tout ce qu'il peult, mais doibt
vser de sa puissance doulcement & grã-
cieusement selon raison & iustice. Car
tout ainsi que le bon pasteur doibt doul-
cemẽt tondre ses brebis, a fin d'en retirer
par annees aultres tontures, & non pas
les escorcher pour leur oster & la layne
& la vie. Et le bon iardinier prend les

Les subsides sont les nerfz de la Republique & les ornemens de la paix.

Le Roy est seigneur des persõnes & des biens.

Le Roy ne doit pas faire tout ce qu'il peut.

Le bon pasteur doit tõdre ses brebis & non pas les escorcher.

fealles du chou l'vne apres l'autre, auſſi quelles croiſſent & augmentent, & n'arrache pas la racine du chou, à fin quelle

Le Roy doit prendre tri but de ſes ſubiets pour ſa neceßité.

puiſſe touſiours produire & fructifier. Ainſi doibt faire le bon Roy, lequel doibt auec toute doulceur prendre de ſes ſubiets tribus & ſubſides, pour ſubue nir à ſa neceſſité ſeullemét, ſás emploier tels deniers à deſpences vaines & exceſ

La prudēce & doulceur du Roy Darius.

ſiues. Plutarche loue grandement le Roy Darius pere de Perxes, de ce que aduenant vne neceſſité en ſon Royaul me pour ſçauoir quel ſubſide chacune prouince pourroit aiſement & commodement porter, leſquelz luy ayant faict leur rapport & offre de ſes ſubiects, de ce qu'ils pouuoient aiſement & commo dement bailler, ſe contentoit de la moi ctié de ce qui luy auoit eſté offert, eſtimant trop plus l'amytié & beneuolence

La beneuc. lence des ſu biets va»lt mieulx que tous les thre ſors du mon de.

de ſes ſubiects, que toutes les richeſſes & threſſors du monde. Ce grand Empe reur Alexandre vne fois interrogé ou eſtoyent ſes threſors & richeſſes, feiſt vne ſage reſponce, qu'ils eſtoyent en bonne & ſeure garde, és maiſons de ſes amys & ſubiects. Comme à la verité la bene-

uolence des subiects est le vray thresor
des Roys & la vraye & seure garde de
toute richesse & opulence.

Le Roy Cyrus est fort loué par les histoires, pour auoir esté fort soigneux du
bien & soulagement de ses subiects , &
pour pendant son regne s'estre entiere-
ment abstenu de toutes exactions & sub
sides,& pour s'estre contenté de son reuenu & domaine,duquel il estoit fort sa
ge dispensateur. Au contraire Roboan
est taxé en l'escripture saincte , pour a-
uoir esté grand exacteur sur son peuple,
ce qui monstre que les tributs, subsides,
& exactions,ne se doibuent imposer sur
le peuple sans grande occasion,& que la
vertu du prince est singulierement re-
marquee au bon traictement & soulage
ment de ses subiects :comme à la verité
le vray & principal moyen de soulager
le subiect, depend de la prudence & sagesse du Prince , lequel doibt estre le
vray moderateur, dispensateur, & con-
seruateur du bien de ses subiects. Pour
la conseruation duquel doibt fuyr & eui
ter toute despence inutile & superflue,
& se contenter de modestement & yer-

La beneuo-
lence des
subiectz est
le vray thre
sor des
princes.

Le Roy Se-
rus ne vou
lut iamais
imposer tri
but sur son
peuple.

Roboam ta
xé en l'escri
ture sainte
pour auoir
esté grand
exacteur.

tueufement maintenir fon auctorité & grandeur, laquelle florit & trop plus fe maintient & apparoift par vne frugalité & modeftie, que non pas par defpences voluptuaires & excefsiues. La premiere fert d'vn exéple enuers les fubiects, pour les rendre ftudieux & amateurs de toute modeftie & continence: par ce que ce leur feroit chofe honteufe & deshonnefte, de ce môftrer excefsifs & prodigues, & veoir leur Prince & leur Roy, vray amateur & obferuateur de modeftie & de continence.

La modeftie du Roy vray exemple pour fes fubiectz.

Les Roys de France au temps paffé ont flory, & en puiffance, & en richeffes, par ce qu'ils ont difcretement vfé de la fertilité & richeffe de leur Royaulme, vfans de moindres defpences en leurs riches pallais & maifons Royalles, que ne font auiourd'huy les fimples gentils hommes & cytadins en leurs maifons. Aufsi en ce temps la il n'y auoit Roy qui fe peult comparer auec eulx en richeffe & en puiffance. Au contraire nous voyons pour le prefent en partie faulte de bon mefnage, le Ro-

La modeftie des Roys de France a rēdu leur royaume riche & opulēt.

Faulte de bon mefnage rend vn Royaulme pauure & fouffreteux.

yaume pauure & souffreteux, a raison
des grandes & excessiues despences
qui si font de iour en iour. Marcus *Deux cho-*
Caton disoit sagement & prudemment *ses rendent*
qu'il y auoit deux choses qui nourris- *l'homme ay-*
sent l'homme, & le rendent aise. La *se.*
premiere est le reuenu de sa terre, la
seconde est la discretion d'en bien &
modestement vser. Car c'est bien peu
de chose d'auoir des biens & des richesses quand le moyen deffault d'en *Lancienne*
bien vser. Ce seroit chose tresexcellen- *faço de vi-*
te & profitable pour le bien public, *ure fort lou-*
de rechercher & prendre l'ancienne fa *able & pro-*
çon de viure & l'ancienne modestie des *fitable.*
Roys, & de chasser toutes superflui-
tez & excez comme vrais ennemys de
la vie humaine.

Et en ce faisant nous reprendrons *Lexces &*
le vray aage doré de noz anciens pe- *abandõ des*
res: Car iamais le Royaulme ne fut plus *subiects rēd*
beau, & plus fertille en tous biens qu'il *le Royaul-*
est de present, mais l'excez & aban- *me pauure*
don des subiects le rend pauure & souf- *& souffre-*
freteux: car il se dissipe plus de bien, & *teux.*
plus de sortes de viandes en vn iour que

on en vſoit en huict:tellement que la ſu-
perfluité des viãdes & excés de tous les
ſubiects,rendent toutes choſes rares &
cheres, & l'exceſſiue deſpéce rend beau
coup de maiſons pauures & ſouffreteu-
ſes : pour a quoy obuier, il fault en premier lieu,qu'vn bon Roy ſoit le premier
obſeruateur de modeſtie & de continen
ce:à l'exemple de ſes bons anciens Roys
tant pour le bien public de ſon Royaulme, que pour eſtre vn vray mirouer &
exemple de tous ſes ſubiectz. Car comme dict Ciceron tout ainſi qu'vne bõ-
ne ville eſt facillement gaſtée &peruertie
par le vice & incontinence des Roys &
Superieurs,auſſi eſt elle facile à remettre
& reſtablir par leur cõtinence & modeſtie :car il ne fault doubter que les pe-
tis ſuiuent l'exemple des grands. Aduint comme eſcript Ciceron que on ac-
cuſoit grandemét Lucius Licullus pour
l'exceſſiue deſpence & magnificence
dont il auoit vſé en vne ſienne maiſon,
tant en ſumptuoſité de baſtimens qu'en
achapt de meubles precieux pour l'or-
ner & enrichir. A quoy il feiſt reſponce
qu'il auoit deux voiſins de trop moindre
condition

*vne bonne
ville à de
my gaſtée
eſt facille
ment reſta
blie par la
continence
& mode
ſtie du Roy
& des plus
grandz.*

*Exẽple de
Lucullus.*

disoit que luy qui auoiét aussy basty des
maisons sort magnificques & sumptueu
ses, & que puisque on leur toleroit ceste
sumptuosité & despése, que on ne le deuoit
rechercher de la siéne: mais par la replic-
que, on luy remonstra quil auoit failly.
Premierement par son propre excez, secondement par son exemple, par lequel
il auoit attiré ses voisins à mesmes excez
& superfluité: lesquélz on n'eust iamais
tolerez sans son ombre. Et à la verité dict
en ce mesme lieu Ciceron, le vice & incontinence des grands, encores qu'il soit *Le change-*
grand en soy, & de grande consequence: *mét de viure*
toutesfois il est reputé trop plus grand *du Roy &*
pernicieux, & dommageable, à raison *des grands*
de l'exemple, parce que les seigneurs & *emporte a-*
potentats d'vn Royaume, ensuiuent cou *uec soy mu-*
stumierement la vertu ou vice de leur *tatió des au*
prince, & le commun peuple des nobles *très infe-*
& superieurs. Tellement dit il, que la vie *rieurs.*
des Roys & des nobles estant changée,
tout le Royaulme recoit incótinent sem
blable changement & mutation, car ilz
pechent trop plus pour leur exemple
que par leur peché. Le second moyen
pour obuier aux grádes exactiós tributz

K

& subsides, gist sēblablement en la prudēce & discretiō d'vn bon Roy, pour e-
xercer à l'ēdroit de ses subiectz sa liberali
té & munificēce : laquelle doit estre mo
derée par toute raison & modestie.

Et fault en premier lieu reiecter d'v-
ne court Royalle ces grands & impor-
tuns demādeurs, qui sont les vrayes san
sues qui sucent & aualent le sang & la
substance du peuple qui sont ordinairement aux oreilles des Roys, pour demander sans raison & sans occasion,&
qui n'ont point de honte d'enrichir de
toutes pars du sang & des entrailles du
pauure peuple. Telz demandeurs sont
merueilleusemēt pernicieux & domma-
geables en vn Royaulme : lesquelz toutesfois se treuuent auiourd'huy en telle
quantité, qu'il sēble que les hōmes soient
trop plus affectionnez seruiteurs de l'argent & richesse, que de la personne & de
l'estat de leur prince. En quoy vn bon &
sage Roy ou Monarque, peut à l'œil recognoistre qui sont les vrays & affection
nez seruiteurs de sa couronne : car ceux
la ne seront iamais prompts & impor-
tuns à demander : Mais fort tardifz & di-

ficles à prédre. Le feu admiral d'Anne-
bault grand & entier seruiteur du Roy, *L'admiral*
fut si tardif à prédre ou à demander, que *d'Annebaut*
le feu Roy François premier estimât n'a *merite la li-*
uoir suffisamment recōpensé les serui- *beralité du*
ces qu'il auoit receus de luy, luy fist laiz *Roy a sa*
de quelque sōme de deniers par sa der- *derniere vo-*
niere vólunté. Les hystoires nous ensei *lunté.*
gnent que ceux qui ont esté amateurs *L'hōneur*
du bien public, ont eu en horreur la ri- *& gloire le*
chesse & opulence, & se font contentez *vray loyer*
d'vn hōneur & gloire imortelle. Tite li- *des anciēs.*
ue escript que Publius Valerius, qui fut
quatre fois cōsul de Rome grād & vail- *L'extreme*
lant Capitaine, lors qu'il mourut se trou *pauureté de*
ua si pauure qu'il n'y auoit argēt suffisāt *Publius*
pour le faire enterrer: tellement que la *valerius*
despense funebre fut faicte aux despens *qui auoit esté*
du public. Ce grand Roy Pyrhus riche *quatre fois*
& opulēt en biēs desirāt faire paix auec *cōsul de*
les Romains enuoya son embassadeur *Rome.*
Cineas à Rome auec grands presens & *L'integrité*
richesses pour gratifier les Romains, *des anciens*
mais il trouua toutes leurs portes fer *Romains*
mées à tous ses presens & richesses tant *& le mes-*
les Romains estoient à lors peu con- *pris des biēs*
uoiteux des biens, & des richesses. *& riches-*
ses.

K ij

Ciceron rend tesmoignage que Marcus Marcellius, Lucius, Scipio, Flaminius Lucius, Mumius, Cappitaines Romains, apres plusieurs prinses de grádes & opulantes villes & citez, ne remporterent en leurs maisons grádes despouilles de leurs ennemis: mais en remplirent & ornirent les temples de leurs dieux, par ce qu'ilz se reputoiét assez riches & opulents, ayátz acquis par leur vertu vn renõ & louange immortelle. Pompée le grád est loué par les hystoires, de ce que ayant vaincu & debellé vn ʀoy & layant depuis remis en son estat, souz l'obeissance des Romains refusa de luy vne table & selle dor, qui luy furét enuoyées iusques à Rome & les donna au public, dont appert que les bons & anciens Capitaines & gouuerneurs des Republicques ont mesprisé les biens & les richesses, & au lieu de se ont acquis vne gloire immortelle pour eux & pour leur posterité qui est le vray loyer & recompense de la vertu & des biensfaictz. Nous desirerions bien fort que ceste opinion feust aussi bien enracinée aux cueurs de ceux qui

souhait de l'autheur à l'ēdroit des Magistrats.

onße gouuernement et administration
de la chose publicque, comme l'ambitiõ
& auarice leurs sont familieres, on ne
verroit point tant de brigues & de menées & de violētes prieres pour l'impetra
tion, & apres pour la continuation des e
stats & charges publicques : car si l'honneur & gloire les inuitoit à ce faire, ilz at
rendroient la voix du peuple par lequel
le ilz acquerroient autāt d'hõneur & de
gloire, comme par telles brigues ilz entrent en presumption d'orgueil & d'aua
rice : comme aussi coustumierement telle ambition tõbe à l'endroit de ceux qui
sont les plus rudes & stupides & beaucoup plus amateurs du lucre, que de
l'honneur. Parce que dessus appert
que le Roy ne doibt profusement donner : mais auec grande discretion, & cõ-
gnoissance de cause : car la vraye recom
pense des grands est l'honneur & gloire
& beneuolence de leur prince qui les
doibt plus contenter que tous les biens
du monde, & doiuent laisser les biens
pour les pauures & pour la necessité des
affaires. Et quand aux pauures qui ont

Les brigues
& menées
pour l'impe
tration des
estats.

Le vray lo-
yer & recõ-
pence des
grands &
des plus ri-
ches.

K iii

exposé leurs biens & leurs ieuneffes,
pour le feruice de leurs princes, il eft
trefraifonnable de leur dôner quelque
honefte moyé pour maintenir leur mai
fon & famille : enquoy fpeciallement
doibt reluyre la liberalité & munificence des Roys, laquelle eft leur vray marque qui les faict aymer & reuerer. L'em
pereur Alexandre feuere, ne laiffoit paf
fer vn feul iour fans faire quelque acte
de liberalité & munificence ; mais auec
vne grande prudence & difcretion : car
en premier lieu, il confideroit la perfonne & le merite de celuy a qui il don
noit, en fecond lieu il regardoit le fond
& quantité de fes finances, afin par vn
mefme acte de fe montrer liberal &
magnificque enuers les fiens, & neaul-
moings bon & vray difpenfateur des
biens de fon Empire.

C'eft vn vray acte royal de donner &
d'vfer de toute munificence, pourueu
que ce foit enuers les perfonnes qui le
meritent, & que la munificence ne tom
be point en excez & profufion. Et en ce
faifant ne fault doubter que les affaires

La liberali-
té du Roy
doibt paroi
ftre a l'en-
droit des
foldats &
autres ferui
teurs qui
fôt pauures

La prudêce
d' Alexan
dre feuere
en la difpen
fation de fes
finances.

Vray acte
royal de don
net.

du Royaulme ne profperent,& que au
neceque fa necefité desRoys les cōtraint
le pas gtāds deniers fur leurs fubiectz,fa
cilement ilz ne reduifent les tailles &
fubfides à vne iufte raifon , à l'exēple de *Le Roy Loys*
ce bō Roy de Frāce Louys douziefme, *douz iefme*
qui par fa bōté à merité d'eftre appelé le *furnōmé pe*
pere du peuple.et quād les affaires d'vn *re du peuple*
Royaulme font reduictes a quelques
extremité ou pour raifō des guerres ou *chacū doit*
pour raifon des troubles,ou pour autre *contribuer*
caufe digne & remarquable,à lors il y *& fubue-*
fault dōner remede , & eft raifonnable *nir à la ne-*
que chacū contribue felon fa puiffance. *cefité du*
Mais il fault en premier lieu recouurer *Royaulme.*
deniers fur ceux qui fe font oculairement enrichis du fang & des entrailles
du peuple,à l'exemple de l'homme debi
le qui eft contrainct de vomir ce qu'il à *La pecune*
trop mangé,& que fon eftomac ne peut *fifcalle tiēt*
bonnement digerer telz enrichiffemens *nature de*
qui prouiennēt de la pecune fifcale par *immeuble.*
la loy ciuile fe doiuēt repeter de to⁹ ceux
qui les ont touchées & qui en font enrichis cōme refentās la nature d'vn vray
immeuble , & faut en ce fuyuir l'oppinion d'vn Empereur qui cōparoit telz

K iiij

riches & aifez qui eftoit vne w
mentation de leur auctorité
deur. Et en ce faifant vn bon
efgalement honoré & reue
tous fes fubiectz qui louerent
le nom de Dieu, le prie-
ront inceffamment de le
faire long temps re-
gner auec toute
profperité &
accroiffe-
ment.

FIN